KB044731

어린이는
언제나
나를
자라게 한다

어린이는 언제나 나를 자라게 한다

2021년 04월 14일 초판 01쇄 인쇄
2021년 04월 21일 초판 01쇄 발행

글 김연민

발행인 이규상 편집인 임현숙 책임편집 이수민
편집3팀 김은영 이수민 교정교열 이정현
마케팅실장 강현덕 마케팅1팀 전연교 윤지원 김지윤
디자인팀 김지혜 손성규 손지원 영업지원 이순복 경영지원 김하나

펴낸곳 (주)백도씨
출판등록 제 2012-000170호(2007년 6월 22일)
주소 03044 서울시 종로구 효자로7길 23, 3층(통의동 7-33)
전화 02 3443 0311(편집) 02 3012 0117(마케팅) 팩스 02 3012 3010
이메일 book@100doci.com(편집·원고 투고) valva@100doci.com(유통·사업 제휴)
블로그 blog.naver.com/h_bird 인스타그램 @100doci

ISBN 978-89-6833-309-5 03810
ⓒ김연민, 2021, Printed in Korea

어린이는 언제나 나를 자라게 한다

교실 밖 어른들은 알지 못할
특별한 깨달음

김연민 지음

허밍버드
Hummingbird

일러두기 │ 오늘날의 어법과 맞춤법에 따르되, 대화체는 어린이들의 입말을 최대한 살렸습니다.

어른과 어린이가 함께
숲을 이루고 뿌리가 엮이길 바라며

나는 교사란 '학생들과 잘 지낼 수 있을까'라는 두려움과 '그래도 학생들과 있는 게 즐겁다'라는 믿음 사이의 계단을 하루 종일 오르락내리락하는 사람이라고 생각했다. 그래서 두려움을 이기기 위해 생전 처음 보는 학생들에게 거리낌 없이 "사랑한다"고 뻥을 쳐버린다. 앞으로 내 편이 되어달라는 무언의 구조 요청이다. 나는 나대로, 아이들은 아이들대로 최선을 다해 비록 뻥이지만 사랑의 공간에 삶을 하루씩 더해간다. 그렇게 채워진 공간은 또 1년이 되면 말끔히 비워내야 한다. 처음에는 이 모든 것을 견딜 수 있게 해줄 만큼 가득했던 체력과 열정이 점점 줄어가는 것에 회의가 들면서 1년마다 반복되는 삶에 이런 질문을 던지게 되었다.

'너 이렇게 30년간 더 할 수 있겠어?'

어느 날부터인가 '나에게 교사라는 직업을 빼면 무엇이 남을까?' 하고 텅 빈 교실에 우두커니 서서 생각에 잠기기도 했다. 연극은 언젠가 끝나기 마련이고, 내가 더 이상 뻥도 칠 수 없을 만큼 지쳤을 때 내 밑바닥이 드러나기라도 한다면, 아이들은 나를 어떤 모습으로 바라보고 기억할지 걱정되었다. 남은 학교생활을 이어가려면 열정과 체력이 아닌 인간 자체로서의 성장이 꼭 필요하겠다는 생각이 들었다. 그렇지 않으면 더 이상 버티지 못하고 그저 하루를 때우고 마는 영혼 없는 공무원이 될 것 같았다. 그건 정말 싫었다.

나는 학교를 군도(群島)라고 생각한다. 학교라는 공동체는 얼핏 보면 한 덩어리 같지만, 교실 문을 열고 들어가 닫으면 완벽한 섬이 된다. 외부 세계와 단절된 섬에 교사와 학생들이 존재하는 것이다. 그 안에서 모든 것을 혼자 감당해야 하는 교사가 느끼는 외로움과 공포는 무인도에 고립된 사람이 겪는 것과 같다. 자신이 혼자라는 생각은 교실을 성장과 변화

어린이는 언제나 나를 자라게 한다

가 멈춘 갈라파고스제도로 만든다. 어떻게 해야 할까? 간단하다. 흩어진 섬과 섬을 연결하면 된다. 교사들끼리 서로를 연결하고 대화를 나누어야 한다. 그리고 교실 속 아픔과 외로움을 '혼자만의 것'이라고 생각하지 말아야 한다. 지금 눈앞에 우리를 충분히 보듬고 격려해줄 눈망울들이 있다는 사실을 깨달아야 한다. '가르치는 건 교사, 배우는 건 학생'이라는 이분법의 칸막이를 걷어내야 한다.

수업 시간, 교사들은 학생들에게 "진정한 성장이란 나 혼자 잘 크는 것이 아니다. 혼자 우뚝 솟은 나무는 부러지기 쉽다. 같이 숲을 이루고 뿌리가 엮일 때 단단하게 성장할 수 있다"라고 가르치면서 정작 자신들은 모래알처럼 흩어져 고군분투한다.

'나만 혼자인 줄, 나만 힘든 줄, 그래서 한 줄.'

SNS '학교한줄'은 이런 마음에서 만들었다. 교사는 교실에서 혼자가 아니라는 생각, 학생을 통해 자신을 성장시킬 수 있다는 생각은 교직 경력이 쌓일수록 확신에 가까워졌다. 교사들은 살면서 쉽게 받지 못할 격려와 위로를 학생들로부터 듬뿍 받고 있기 때문이다. 최선을 다하면 의도 없는 순수한 웃음을 지어주고 '엄지'를 사정없이 내준다. 교실에서 행복하다며, 보호자와 친구들에게 자랑하고 나에게는 구겨진 손 편지를 건네기도 한다. 가끔은 어이없는 사고를 치며 웃지 못할 사건을 만들지만, 끝끝내 대견하게 성장하는 모습을 볼 때면 마치 아름다운 작품을 꽃피워낸 예술가가 된 듯한 느낌을 받기도 한다. 그리고 이는 교사로서 하루를 알차게 보낼 수 있는 힘이 된다. 성장의 선순환이다.

'학교한줄'은 이러한 선순환을 증명하는 곳이기도 하다. 교사를 위한 공감과 격려의 연결 공간이지만, 많은 학생과 보호자가 이곳에서 교사와 학교를 이해하고 공감해주며 위로한다. 그리고 교사들은 다시 감동과 힘을 얻는다. 이 선순환을 경험하면서 나는 다시 한번 확신했다.

어린이는 언제나 나를 자라게 한다

어린이와 가장 가까운 교사와 보호자는 그들의 성장을 돕는 중요한 존재다. 그러나 동시에 어린이로부터 가장 큰 성장의 힘을 얻는 사람들이기도 하다. 이 책이 어느 초등 교사의 교직 고군분투기보다는 지금 우리 앞에 있는 어린이들에게 한 번 더 눈길을 주는 기회가 되기를 바란다. 교사의 고통 혹은 육아의 고달픔으로 가려진 어린이와의 경험이 성장의 발판이었음을 깨닫는 기회가 되기를 바란다.

　마지막으로 터무니없이 부족했던 신규 교사 시절의 나를 '견뎌준' 첫 제자들과 여전히 최고라고 치켜세우며 격려해주는 지금 우리 반 학생들, 매일 화장실 갈 시간도 없이 고군분투하고 있는 교사들과 짝꿍에게 고마움을 전한다.

작가의 말

차례

3장

괜찮은
어른이
되겠습니다

학교한줄 독자 사연
우리를 자라게 할 또 다른 이야기

인스타그램 학교한줄(@1jul_teacher)에서 '나를 감동시키고, 자라게 한 학생들과의 일화'를 모집했습니다. 초등 교사뿐만 아니라 중고등 교사와 임용을 준비하는 수험생이 다양한 사연들을 보내주었습니다. 그중 11편을 선정해 본문에 수록했습니다.

* 독자들의 실명과 아이디는 허락을 구해 기재했습니다.

1장

사랑하고 배우면서 자란다

문제아, 초등 교사가 되다

초등학교 1학년 때 나는 정말 말썽꾸러기였다. 초등학교 4학년 때까지 모든 생활통지표에 '주의가 산만하며' '친구와 자주 다툼'이라는 문구가 쓰여 있었다. 교사들이 공식 문서인 생활기록부에 이렇게 썼다는 건 구제불능이라는 뜻이다. 두꺼운 도화지를 말아 친구들 머리를 실로폰(정확한 표기는 글로켄슈필이다)이라며 때리면서 소리 지르고 뛰어다니는 것은 기본, 여학생에게 고무줄을 쏴서 코피도 터뜨렸다. 서예 연습을 한다며 앞자리 흰옷 입은 친구의 등에 붓으로 낙서를 하기도 했다. 어떨 때는 심술이 나서, 또 어떨 때는 아무 이유 없이 심심해서 그렇게 했다. 수업이 재미없다고 느껴지면 그 순간 누

어린이는 언제나 나를 자라게 한다

군가를 놀리거나 괴롭혀야겠다는 생각이 들었다. 결국 담임 교사도 터져버렸다.

"네가 전학 갔으면 좋겠어!"

내가 잘못한 걸 안다. 지금 생각하면 당시 학급 친구들에게 참 미안하다. 초등학교 시절, 기억나는 것이 별로 없지만 교사의 이 한마디는 여덟 살이던 내게 견디기 힘든 것이었다. 지금까지 내 마음에 콱 박혀 있다. 그 말을 듣고 나는 정말로 전학을 갔다. 한창 받아쓰기와 구구단을 공부하느라 바쁠 2~3학년 때 우리 가족에게 큰 사건이 일어났다. 동생이 사고를 당한 것이다. 아버지는 출장으로 집을 자주 비웠고, 어머니는 동생을 간호하기 위해 대부분 병원에 머물렀다.

"집에 가기 싫어."

친구들과 운동장에서 실컷 놀다 하나둘 저녁을 먹으러 떠나면 가장 마지막에 남는 아이는 나였다. 집 문을 여는 게 두려웠다. 현관에 들어서면 밀려오는 어둑함이 싫었다. 빈집의 적막함이 싫었다. 그래서 나는 더 늦게까지 노는 아이들 틈에 끼고 싶었다. 대부분 중학생이나 초등학교 5~6학년 형들이었다. 몸집이 작았던 나는 아파트 부녀회에서 지하실에 모아놓은 공병을 내다파는 데 이용되었다. 지하실 작은 창문으로 들

사랑하고 배우면서 자란다

어가 잠긴 문을 열어주면 형들이 병을 모아 슈퍼에 팔았다. 나중에는 나쁜 짓이라는 걸 알게 되었지만, 상관없었다. 유일하게 나를 필요로 하고, 인정해주는 곳이었다.

머리가 커지자 오락실이 나의 활동 무대가 되었다. 친구가 별로 없었기에 오락실에서 시간을 보내는 것이 일상이었다. 나름 실력도 좋았다. 오락을 하는 동안 내 주위에 사람이 몰려들었는데, 그때 자부심을 느꼈다. 아침에 등교하면서 셔터가 반쯤 열린 오락실에 들르는 것이 나의 유일한 낙이었다. 처음에는 내보내던 주인도 매일 출근 도장을 찍는 나를 보며 그러려니 했다. 당연히 지각을 밥 먹듯 했고, 심지어 11시가 다 되어 교실에 들어간 적도 있었다. 담임은 꿀밤을 몇 대 때리고는 '벽코'를 하라고 했다. 교실 뒤편 구석으로 가서 무릎을 꿇고 벽에 코를 박았다. 무릎을 꿇고 코를 박으려니 코, 허리, 무릎이 너무 아팠다. "이제 그만하고 자리로 돌아가"라는 소리를 너무나 듣고 싶은데 10분이 지나고, 30분이 지나도 나를 부르지 않았다. 1시간이 지났을 때 깨달았다.

'내가 벌받고 있다는 걸 까먹었구나!'

화가 났다. 내가 왜 오락실에 가는지는 궁금하지 않나? 왜 나만 혼나야 되지? 나의 상황도 궁금해하지 않고 잘못만 지적하는 담임의 모습에 화가 치밀어 올랐다. 이후 다행히 동생이

어린이는 언제나 나를 자라게 한다

완치되어 집으로 돌아왔고, 부모님은 방치되었던 나를 돌보았다.

시간이 흘러 다니던 대학을 자퇴하고, 다시 공부를 시작해야겠다고 마음먹었을 때는 꿈이나 자아실현 같은 것은 안중에 없었다. IMF 시기를 막 지났을 때였고, 가정 형편을 생각했을 때 '공무원'이 내가 취할 가장 훌륭한 선택지였기에 교사를 택했다. 학창 시절 내내 추억할 만한 좋은 기억 하나 없고, 찾아가고 싶은 스승도 없는, 한국의 교육과 교사라는 직업에 매우 부정적인 사람이 교사가 되고자 면접관들 앞에서 가식을 떨었다.

그리고 정신을 차려보니 아이들 앞에 서 있었다. 어릴 적 내가 경험했던 교사들처럼 기계적으로 수업하고 가르치면 되겠지 생각했다. 아이들과 치고받으며 지내는 날이 계속되었다. 어느 날 퇴근하는 길에 집에 가지 않고 혼자 스탠드에 앉아 있는 반 아이를 보았다.

"왜 집에 안 가고 이러고 있어? 위험하니까 얼른 집에 가."

그 아이는 마지못해 엉덩이를 털고 일어났다.

"그냥 가기 싫어서요."

그렇게 말하고 떠나는 아이의 눈동자에서 굉장히 익숙한 무엇인가를 보았다. 집에 오는 내내 그 아이의 말이 귓가에 맴

사랑하고 배우면서 자란다

돌았다. 다음 날부터 좀 더 찬찬히 학생들을 관찰했다.

집의 어둑함이 싫어 학교를 배회하는 아이
외로운 마음에 친구들과 어울려 문제 행동을 하는 아이
자신에게 관심을 가져달라는 신호를 보내는 아이
수업에 집중하지 못해 에너지를 장난기로 발산하는 아이
온통 겁먹어 질려버리기 직전의 아이가 보였다.

모두 나였다. 학교와 교사에 상처받던 나의 파편이 모두 교실에 빼곡하게 자리를 차지하고 있었다. '아무도 없는 집에 가기 싫은' '자존감을 문제 행동으로 회복하려는' '자신의 문제를 경청해줄 사람을 찾는' 수많은 내가 교사가 된 나를 바라보고 있었다. 교대를 졸업하고 임용에 합격하면 저절로 교사가 되는 줄 알았다. 그런데 아니었다. 아이들의 눈동자에서 나를 발견했을 때, 눈이 떠졌다. 정신이 번쩍 들었다. 교사의 삶은 이제부터 시작이었다.

사랑한다고 뻥치고
진짜 사랑하게 되다

막 교사 생활 3년 차가 되었을 무렵, 여전히 교육이나 교사, 교실, 학생 등에 대한 철학이나 개념이 없었다. 한마디로 아무 생각이 없었다. 교사, 교직을 그저 직업으로 바라봤다. 일반적으로 교사는 학생을 사랑하는 직업, 혹은 그래야 할 의무가 있는 직업으로 생각한다. 나 또한 그랬다. 그렇기에 나에게는 학생과의 관계에 '연극'이 필요했다.

즐거운 주말이 지나 다시 맞은 월요일. 나는 지금도 월요일 아침의 교실 공기를 정말 싫어한다. 아무도 혼나지 않았는데, 혼난 것 같은 축 처지고 무거운 공기. 게다가 비까지 오는 날이면 학생들도 나도, 없던 병에라도 걸리고 싶은 마음이 든다.

이럴 때 나에게는 연극이 필요했다.

"여러분! 월요일입니다. 주말 잘 보냈나요?"

별 응답이 없다. "아니요"라는 대답이 여기저기 들린다. 이 침묵과 처진 분위기를 이겨내야 한다. 그래야 수업을 시작할 수 있다.

"선생님은 주말이 너무나 즐거웠어요! 왜 그랬을까요?"

이 질문에 학생들은 이런저런 대답을 할 테지만, 답은 정해져 있었다.

"여러분을 만날 생각에 기분이 좋았어요. 너무 보고 싶었거든요. 여러분과 즐겁게 지내는 상상을 현실로 만들 거예요. 월요일 힘내요!"같이 훈훈하게 마무리하며 분위기를 북돋으려 했다.

그런데 평소 나에게 관심도 보이지 않고, 툴툴대는 시크함이 매력이던 여학생이 힘없이 손을 슬쩍 들어 올렸다. 무슨 답을 할까? 내가 그동안 했던 노력, (비록 연극이지만) 학생들에게 다가가려는 노력이 빛을 발하는 걸까?

"여자 친구랑 진도 나가서?"

내 핑크빛 상상은 와장창 깨져버렸다. 도대체 '진도를 나갔다'는 표현이 초등학교 5학년 입에서 나올 수 있는 말이며, 설마하니 내가 지금 주말에 여자 친구랑 진도 나간 이야기를

어린이는 언제나 나를 자라게 한다

학생들 앞에서 자랑할 거라는 상상도 엄청난데, 그마저도 '진도를 나가셔서'가 아닌 반말로 저렇게 툭 던진다고? 여기에 '진도 나갔으면 얼마나 좋겠냐' 같은 웃긴 상상까지 살짝 끼어들었다. 결국 "쌤은 여자 친구와도 수업한 거냐" "진도를 왜 여자 친구와 나가냐"는 다른 학생들의 철없는 수군거림이 시작되자, 서둘러 "자, 책 펴요"로 마무리 지을 수밖에 없었다. 이렇게 내가 진땀 흘리며 연극을 하는 것을 알게 된 몇몇 선배 교사들은 혀를 차며 말했다.

"학생들한테 너무 잘해주지 마, 상처받는 건 너야."

"그거 얼마 못 간다."

나에게는 초등학교 시절 찍은 사진이 거의 없다. 아마 1990년대에 학교에 다닌 어른 대부분이 그렇지 않을까? 졸업 사진과 소풍 사진 몇 장만이 그때를 추억할 수 있는 유일한 소품이다. 이 점이 개인적으로 아쉬웠다. 그래서 교사가 된 후 학생들 사진을 많이 찍었다. 프로필도 찍고 일상도 담았다. 1년이 지나면 모두 현상해 사진첩을 만들고, CD에도 담아 마지막 날 선물로 전해줬다. 학생 개별 사진도 많았기에 일일이 분류하려면 며칠씩 걸리는 일이었다.

어느 해, 학년 마지막 날. 역시 학생들에게 그동안 열심히

사랑하고 배우면서 자란다

찍은 사진과 CD를 선물로 주었다. 마지막 수업이 끝나고 학생들은 내게서 떠났다. 그런데 그날은 뭔가 달랐다. 그동안 꽉 차 있던 교실에 혼자만 덩그러니 남자 무척 허전하고 외로웠다. 한창 잘 세워가던 도미노를 누군가 건드려 무너뜨린 듯한 기분이었다. 생이별이었다. 내 감정은 아직 남아 있는데, 학생들은 곧 새 학년, 새 친구와 새 선생님을 만날 생각에 들뜰 것이라고 생각하니 마음이 꼬이기 시작했다. 감정을 달래볼 겸 교실을 정리했다. 이내 앞서 느낀 감정이 싸늘히 식었다. 몇몇 아이들의 책상 속에서 사진첩과 CD를 발견했기 때문이다. 사진 몇 장은 구겨진 채 쓰레기통에 버려져 있었다. 예전에 들었던 문장이 머리를 관통했다.

"학생들한테 너무 잘해주지 마, 상처받는 건 너야."

'깜빡 두고 갔겠지. 버린 이유가 있겠지' 하고 애써 다독여도 그날만큼은 보지 말았어야 할 장면이었다. 아이들이 원망스러웠다. 공허했던 마음이 뾰족해졌다. 그리고 이게 실연의 아픔과 무척 비슷한 감정이라는 걸 깨닫고는 깜짝 놀랐다. 그동안 다 연극이라고 생각했는데 설마, 나 애네 사랑한 거야?

그날 이후 나는 교사의 감정은 분필 같다고 생각했다. 열심히 써봐야 닳아 없어지는 것은 분필이고, 남은 건 곧 지워질

어린이는 언제나 나를 자라게 한다

글씨와 그림일 뿐이라고. 그러니 열심히 뭘 쓰고 남기려는 노력은 하지 말아야겠다고 생각했다. 그래야 나 자신을 지킬 수 있었다. 선배들이 왜 그런 말을 했는지 이해가 되었다. 모두 나와 비슷한 경험을 했을 테니까. 그런데 교직 생활을 계속할수록 의문이 커져갔다. 사람들은 왜 그렇게 아파하면서도 또 연애를 할까. 어쨌든 연애를 하는 동안은 행복한 거다. 누군가를 위해 무언가를 생각하는 것, 실천하는 것, 그 사람이 웃는 모습을 보는 것이 예정된 이별의 상실감까지 모두 덮어주는 게 아닐까.

"만나서 반가워요! 선생님은 여러분을 사랑합니다. 여러분도 그러신가요?"

그래서 학생들과의 첫 만남에서 이렇게 뻥을 친다. 당연히 학생들은 당황해하며 "아니요!"라고 대답한다. 그럼 "곧 그렇게 될 거예요"라고 말한다. 우리는 곧 서로 사랑하게 될 거라고 호언한다. "나는 분명 너희를 사랑하게 될 테니, 너희도 그렇게 만들 거야!"라는 스스로에게 하는 선언이기도 하다.

여전히 교사의 감정은 분필 같다고 생각하지만, 닳아 없어지는 것을 걱정하기보다 그 덕분에 완성될 멋진 그림과 글에 집중하기로 했다. 이왕 닳아 없어질 거 좀 더 멋진 글과 그

사랑하고 배우면서 자란다

림을 남기고 싶다. 결국 지워지더라도 그 과정을 지켜보는 나와 수많은 아이들이 있으니 말이다. 이별과 그 뒤에 찾아올 아픔이 예정된 학생과의 만남, 사랑하고 끝내 이별하겠지만 그 시간 동안 나는 분명 행복을 느끼고 성장할 것이라고 믿는다. 교직만큼 '카르페 디엠(carpe diem, 지금 이 순간에 충실하라)'이 잘 어울리는 직업이 또 있을까.

직업병이어도 괜찮아

한 직업에 오래 머물다 보면 그 직업 특유의 환경과 그 때문에 이루어지는 노동의 결과로 직업병을 얻는다. 직업병은 낱말 그대로 '질병'을 의미하기도 하고, 그 직업의 특유한 성향을 인간이 내면화하는 것을 나타내기도 한다. 성격이나 말투나 자세 등이 바뀌는 것 말이다.

예를 들어 틀린 맞춤법을 보면 도저히 넘길 수 없다든가, 친구들 이야기에 학생과 상담하듯 자연스럽게 '오구오구' 맞장구치는 것 등이 있다. 어떤 정보를 들으면 그것이 진짜인지 아닌지 기어이 확인해보려 하거나, 그냥 말해줘도 아는 건데 쉽게 이해시킨답시고 장황하게 말하는 버릇 또한 그렇다.

사실 앞에 적은 내면화된 직업적 버릇은 모두 내가 가지고 있는 것들이다. 이런 버릇 때문에 가끔은 친구들에게 (심지어 같은 교사들에게도) 핀잔을 듣기도 한다. 적당히 해야 한다는 것을 안다. 그럼에도 교사 일을 하며 얻은 직업병 중 자랑스럽게 여기는 것이 딱 하나 있다.

퇴근길이었다. 아파트 단지로 들어오면 작은 공원이 있는데 정자 몇 개에 보호자로 보이는 사람들이 편하게 앉거나 누워 있었고, 아이들은 뛰거나 앉아 있었다. 조금 큰 아이들은 다 같이 모여 대화 한마디 없이 각자 자신의 스마트폰을 보며 무엇인가를 했다.

'아유 가끔 허리 좀 펴지. 저러다 거북목 되는데'라고 생각하며, 여기저기 버려지듯 내팽개친 옷과 자전거 등이 눈에 띄자 '저거 저러다 더러워지는데. 잃어버릴 수도 있고. 깜빡 잊고 집에 가면 엄마한테 혼날 텐데…' 하고 걱정했다. 학교에서 퇴근했다는 사실을 잊고 교실에서 하는 잔소리를 마음속으로 되뇐 것이다. 공원을 가로질러 출구에 이르렀을 때, 여덟아홉 살쯤 되어 보이는 아이 두 명이 화단을 보호하기 위해 주변에 둘러놓은 철제 펜스 위에 올라서 있는 것을 보았다. 아이들은 중심을 잡으려고 화단에 있는 나무 한 그루를 붙잡고 있었다.

만약 학교였다면 "당장 내려오세욧!" 하고 말했겠지만, 여기 학교가 아니었다. 엄연히 보호자가 있는 아이들에게 이래라저래라 했다가는 오히려 불순한 의도를 지닌 어른으로 오해받기에 딱 좋다. 그래서 입술을 깨물고 그냥 지나가려 했다. 그런데 그 장면이 자꾸 눈에 어른거려 도저히 그곳을 떠날 수 없었다. 두 아이 중 한 명만 균형을 잃어도 본능적으로 다른 아이를 붙잡을 테고, 그러면 둘 다 대책 없이 바닥에 나뒹굴 것이기 때문이다(이러한 상상력도 직업병이다). 그래서 우선은 그곳을 떠나지 않고 가만히 지켜보기로 했다. 저러다 내려오겠지 하는 마음도 있었고, 주변에 나 말고도 많은 사람들이 있었기 때문에 보호자가 말리지 않을까 하는 생각이 들었기 때문이다. 그러면 마음 편히 자리를 뜰 수 있을 것 같았다.

그러나 누구도 아이들에게 관심을 갖지 않았고, 기어이 한 아이가 펜스를 발판 삼아 나무에 오르기 위해 깊이 파인 옹이에 발을 걸치려 했다. 만약 성공한다면 성인 남자 키보다 더 높이 올라가게 된다. 재빨리 다가가 말을 걸었다.

"친구들, 위험해 보이니 내려오는 게 좋을 것 같은데요?"

다행히 두 아이는 낯선 어른의 말을 존중했고, 모두 안전하게 펜스에 내려왔다.

"왜 그러세요?"

"서… (순간 '선생님'이 나올 뻔했다) 아저씨가 보기에 나무까지 올라가는 건 위험해 보여서 그랬어요."

그런데 이어진 아이의 한마디에 나의 내면화된 교사 본능이 터져나오고 말았다.

"저희 여덟 살인데요?"

"여덟 살은 다치면 안 아파요? 여덟 살은 떨어지면 안 다쳐요? 학교에서 안전한 생활 배웠죠? 그 시간에 위험한 곳에 올라가면 안 된다고 배운 거 기억나죠? 그리고 여러분이 올라가면 저 나무가 아프다고 느끼지 않을까요?"

따끔한 질책과 학교에서 배웠을 내용의 복습, 그리고 감정이입을 통한 환경보호까지 누군가 써준 대본을 읽는 것처럼 막힘없이 술술 털어냈다. 웃긴 건 아이들의 대답이었다.

"선생님이세요?"

아, 직업병. 집에 돌아와 '그냥 내려오라고만 할걸' 하고 후회했다. 나 여덟 살인데 네가 왜 참견이냐는 말에 흥분했다. 다른 사람이면 모르겠지만 교사라면 그런 반응을 웃어 넘길 수 없다고 여기는 것도 어쩌면 직업병일지도 모른다. 그럼에도 이 직업병만큼은 스스로 자랑스럽게 생각한다. 그날은 두 아이에게 '이상한 아저씨가 참견한 날'이겠지만, 나에게는 어쩌면 생겼을지 모르는 위험에서 아이들을 지킨 날이 될 수도 있었으리라고 믿는다.

많은 어른들이 혀를 차며 요즘 어린이와 청소년이 과잉보호 속에 자란다고 말한다. 그러나 실제로 학교 밖에는 무관심 속에 방치된 아이들이 더 많다고 생각한다. 과잉보호받는 것은 그들의 꿈이나 진로일 뿐, 부딪히는 가족 구성원과 소외된 교우 관계, 안전하지 않은 환경에 방치되는 경우가 훨씬 많다. 그 때문에 얼마나 많은 학교 폭력과 안전사고, 아동 학대가 일어나는지 연신 뉴스로 접하면서도 여전히 관심이 없다. 나도 안다. 남의 일에, 남의 자녀 일에 끼어드는 것이 쉬운 일은 아니라는 걸. 그래서 나도 모르게 생긴 이 직업병이 좋다. 어린이의 일이라면 관심이 생기고, 끼어들고 싶고, 어떨 때는 잔소리꾼이 되고 싶은 이 직업병이 좋다.

사랑하고 배우면서 자란다

> ## 가장 편견
> ## 많은 사람은 누구?

　나는 가끔 스스로 다람쥐 같다는 생각을 한다. 외모가 귀엽다는 뜻이 아니다. 다람쥐의 습성 때문이다. 다람쥐는 겨울 내내 먹을 식량을 자신이 먹을 양 이상으로 잔뜩 모아놓고는 그 장소를 잊어버린다. 교사로서 내가 딱 다람쥐 같은 모습이다. 교사에게 학생들의 수업 동기를 유발할 좋은 자료는 소금 같은 존재다. 수업의 본질적인 내용에 학생들을 집중시키기 위해 재미있는 놀이 자료나 영상 등을 많이 보유할수록 좋다. 그래서 평소 길을 걷다가 재미있는 물건이나 상황을 보면 바로 사진을 찍어둔다. 유튜브나 뉴스를 보다가도 수업에 쓸 좋은 영상을 보면 스크랩해두고, 다운로드받는다. 문제는 실제

어린이는 언제나 나를 자라게 한다

수업을 준비할 때 그런 자료를 어디에 두었는지, 심지어 그런 자료가 있었는지 잊어버린다는 것이다. 인터넷 서핑 중 좋은 영상을 발견해 링크를 저장하려고 했더니 '이미 저장된 파일입니다'라는 메시지를 볼 때 그 허탈감이란. 대부분 그렇게 모은 자료를 실제로 수업에 활용하는 일은 없다. 단순히 교육적 집착이라고 보면 된다. 어쨌든 그럼에도 이 '다람쥐 짓'을 멈출 수는 없다.

국어 시간이었다. 수업 주제는 '학급 회의 시 지켜야 할 것'이었다. 교과서에는 학생들이 모여 학급 회의를 하는 장면이 그림으로 표현되어 있었다. 나는 그림을 보는 순간 '아, 새로운 배움의 기회가 열렸군!' 하는 생각에 스스로를 칭찬하며 학생들에게 질문을 던졌다.

"여러분, 이 그림에서 뭔가 특이한 점이 느껴지지 않나요?"

교과서 속 그림은 예전 교과서에 수록된 학급 회의 모습과 달랐다. 회장이 앞에 있고, 칠판에는 오늘의 안건이 적혀 있으며, 학생들이 가지런히 앉아 손을 들고 이야기를 나누는 모습은 10년 전이나 다를 바 없었지만, 그 회의에 참석하는 학생들의 모습이 기존 교과서와 달랐다. 얼굴이 까만 학생이 있었고, 주근깨가 난 얼굴에 노란 머리를 한 학생도 있었다. 그리고 휠

체어를 탄 학생도 그려져 있었다.

"학생회장 혼자 서 있는데요?"

"혼자 빨간색 줄무늬 옷을 입고 있어요."

"친구가 발표하는데 다른 곳을 보고 있습니다."

순간 당황스러웠다. 내가 원한 답이 아니었기 때문이다. 교실에 다양한 인종이 있고, 장애 학생과 비장애 학생이 함께 그려져 있다는 점을 학생들이 찾아내길 바랐다.

"여러분은 그걸 '특이한 점'이라고 생각했군요. 인종이 다르고, 장애가 있어도 특이하다 생각할 필요 없습니다. 모두가 같은 사람이니까요"라고 학생들의 편견에 일침을 놓고 싶었다. 학생들이 "아!" 하며 감동의 도가니가 되는 상상. 그런데 학생들은 마치 짠 듯 '특이한 점'만 피해 갔다. 오히려 내가 답답해서 이야기하고 싶었다.

"여기 잘 보세요. 인종이 다르죠? 그리고 신체적 특징이 다르잖아요."

이 말이 턱까지 차오른 순간, 갑자기 내 안에 있던 무엇인가가 와르르 무너져 내렸다.

'지금 여기서 가장 편견으로 가득 차 있는 사람은 누구인 거지?'

내가 원한 '대답'을 해주지 않은 학생들에게 고마울 지경이었다. 오히려 내가 학생들에게 편견을 가지고 누군가를 바라볼 부정적인 기회를 제공했을 수도 있다는 생각에 소름이 돋았다. 그날 이후 컴퓨터 앞에 앉아 그동안 내가 모아온 자료나 영상을 하나씩 훑어보았다. 가르치는 게 직업이지만 '가르치려고 한 게 아니라 도덕적 우위에 서고 싶었던 건 아닐까? 학생들은 나보다 미숙한 게 당연하다고 생각했던 건 아닐까?' 하고 자책하는 마음으로. 이렇게 한 방씩 맞고 자책할 때마다 누군가를 가르치는 일은 참으로 쉬운 일이 아니라는 사실을 깨닫는다.

그렇다고 학생들에게 편견이 전혀 없다는 뜻은 아니다. 아직 어리기에 기성세대에 비하면 매우 말랑하고, 작은 편견의 싹이 있다. 그래서 갈등과 다툼이 생기고 상처도 받지만, 격려받고 스스로 깨달으면 금방 성장하고 회복한다. 끝까지 자신의 생각을 포기하지 않는 어른에 비할 바가 아니다.

"아니, 도대체 어른들은 왜 그러는 거예요?"

"우리는 이렇게 열심히 지키고 있는데요."

어른들이 편견으로 가득 차 다른 이를 공격하고 혐오하고 공동체의 질서를 파괴하는 모습을 볼 때 학생들은 도저히 이해할 수 없다는 듯 말한다. 학생들에게 어른으로서 미안할 정

사랑하고 배우면서 자란다

도로 놀라운 뉴스가 차고 넘친다. 최근 코로나19로 학교에 나올 수 없게 되는 과정에서 학생들은 이기주의와 편견, 혐오로 가득한 어른들의 모습을 생생히 지켜보았다.

여전히 사회와 기성세대는 아이들의 편견을 없애기 위해 학교에서 더 많은 교육이 이루어져야 한다고 말하지만, 수업을 하며 학생들의 눈을 매일 바라봐야 하는 나는 무척 걱정스럽다.

"너나 잘하세요."

아이들이 결코 입 밖으로 꺼내지는 않겠지만 나, 그리고 어른들을 보는 시선에서 그런 마음의 소리가 들리는 것 같기 때문이다.

악마쌤의 속사정

제대하고 얼마 되지 않아 학생들을 만났다. 인생 첫 학생들과 만났을 때 내가 가장 먼저 건넨 말은 "줄 맞추자"였다. 삐뚤빼뚤한 줄은 지금도 견디기 힘들지만, 당시 나는 책상 줄 맞추기 대회를 하는 것도 아닌데, 거기에 무척 집착했다. 어느 날 운동장에서 체육 수업을 마치고 들어오자마자 전화 한 통을 받았다. 교감이었다.

"아이들하고 같이 뛰는 건 좋은데, 발까지 맞추어 뛰게 하지는 않아도 되네. 해병대 캠프도 아니고…."

하나둘 구호를 외치고 아이들 발까지 맞추어 운동장을 뛰게 한 내가 얼마나 답답해 보였을지 눈에 훤했다.

사랑하고 배우면서 자란다

그럼에도 학교의 기대를 한 몸에 받는다고 느꼈다. 오랜만에 온 신규, 그것도 남자 신규 교사였기 때문이다. 같은 학년에 남자 교사는 나뿐이었다. 그렇기에 복도 군기 반장은 당연히 내 몫이었다.

복도에서 뛰고 장난치던 아이들은 내가 나오는 것을 보면 어느새 아닌 척 연기하며 사뿐사뿐 걸어 다녔다. 그 모습을 보는 것이 좋았다. 복도 끝에서 반대편 끝까지 내 목소리가 울려 퍼지는 날도 있었다. 또 어떤 날의 복도는 장난을 심하게 친 학생들이 오리걸음하는 모습으로 채워지기도 했다. 그런데도 학생들은 나에게 열광했다. 스스로도 학생들을 잘 통제하고 재미를 주는 교사라고 생각했다. 소위 '꽉 잡을 땐 잡고 풀 땐 풀어주는' 능력을 갖춘 교사로서 자존감과 자신감이 가득 찬 시기였다.

한 해가 지나 처음 만난 학생들을 다음 학년으로 올려 보냈다. 학생들은 다음 해에 어떤 교사를 만날지 무척 궁금해한다. 그래서 새 학기가 시작되기 전 방학 기간, 교사들이 지정받은 교실로 짐을 옮길 때 몇몇 용기 있는 학생이 학교로 와 교실을 훑고 다닌다. 그러다 창문 밖에서 나와 눈이 마주친 학생은 누가 봐도 깜짝 놀란 표정을 지었다.

그날 저녁 내 SNS와 연결된 학생들의 새 글 알림을 확인

어린이는 언제나 나를 자라게 한다

하다 박장대소했다. 어떤 게시물에서 새 학년 선생님 정보가 유출되었다. 5학년 1반은 누구고, 2반은 새로 오신 분이고, 3반 담임으로 내 이름이 언급되었다. '와, 김연민이라고?' '왜?' '완전 악마야' '진짜 무서움', 그리고 쐐기를 박는 작년 제자의 댓글이 달려 있었다.

'도망쳐.'

분명 교사로서 기분 나빠 해야 할 내용이었지만 뿌듯한 감정이 더 컸다. '아, 내가 정말 제대로 꽉 잡고 있었구나' 하는 확신을 가져다준 것이다. 그 후 나는 학생들이 붙여준 '악마'라는 캐릭터를 내 교사명으로 정했다. '악마쌤'이 된 것이다. 실제로 처음 만나면 날카롭고 과묵한 이미지 때문에 차가워 보인다는 말을 듣는 편이었다(지금은 살이 쪄서 후덕해졌지만). 학생들과 초반에 기 싸움을 할 필요도 없지 않은가? 외모와 별명으로 기선 제압이 끝난다. 그리고 14년이 지난 지금도 처음 만나는 학생들에게 나를 악마쌤이라고 소개한다.

"쌤, 보기에는 전혀 악마 같지 않은데요?"

이렇게 묻는 학생들에게는 예전 SNS 일화를 소개하며, 지금은 그 '악마'를 봉인했고, 대신 '아낌'없이 '마'구 주는 쌤이라고 생각하면 된다고 소개한다.

"그럼 천사쌤 하시면 되잖아요?"

사랑하고 배우면서 자란다

천사쌤은 많지만 악마쌤은 별로 없으니까 좋다고 둘러댄다. 그러나 여기에는 차마 학생들에게 말하지 못한 이야기가 하나 더 있다. 그 부끄러운 기억을 잊지 않으려고 '악마쌤'이라는 이름을 영원히 버리지 않기로 했다.

악마쌤으로 군림한 지 3년, 여전히 나는 신규 교사임에도 학급을 잘 운영하고, 수업도 재미있게 잘하는 교사로 알려졌다. 여러 학교에 학급 운영 관련 강의도 다니고, 연수 제안도 들어왔다. '교사들의 교사'가 되는 일은 무척 흥분되고 신나는 일이었다. 그리고 그해에 평생 잊을 수 없는 학생도 만났다.

이유 없이 친구를 툭툭 치고 괴롭히는 아이, 교사의 물건을 마음대로 가져가 망가뜨리고, 교사와 학부모가 모인 공개수업에서 소리를 지르며 대놓고 "아, 재미없어!"라 외치는 아이, 수업이 하기 싫어 TV 뒤에 연결된 선을 엉망으로 꽂아놓거나, 만능 리모컨을 가져와 TV를 끄고 켜고, 소리를 줄이고 높이면서 당황하는 교사의 모습을 재미있다는 듯 쳐다보는 아이.

이 모든 일을 모두 한 명이 하고 있었다.

처음에는 좋은 말로 달래고 화도 내고 눈을 부라렸다가 언성을 높여 말을 하기도 했다. 겨우 열두 살인데, 멱살을 잡고

어린이는 언제나 나를 자라게 한다

싶은 충동도 일었다. 겁을 주기 위해 일부러 거친 모습을 보여주기도 했다. 보통 이 정도 되면 눈치껏 고개를 숙이고 반성하는 눈썹과 눈망울을 보여줘야 했다. 그런데 이 녀석은 옅은 미소까지 보였다. 마치 내가 하는 꼴이 우스워 보인다는 것처럼! 평상시에는 학생들이 반성하는 표정을 지으면 "반성하는 척하지 말고, 진짜 마음속에서 반성해야 해!"라고 다그쳤을 텐데, 이 아이에게는 '제발 반성하는 표정이라도 보여줘라'라고 마음속으로 애걸했다.

있을 수 없는 일이었다. 나는 악마였고, 아이는 나를 두려워해야 했다. 그런데 그런 일은 일어나지 않았다. 아이는 눈도 깜짝하지 않았다. 어떤 것도 통하지 않았다. 생글거리는 눈으로 나에게 이렇게 묻는 것 같았다.

"자, 이제 누가 악마지?"

내 일상은 아침부터 이 아이에게 목청을 높이는 것으로 시작해 계속 다른 아이들과 분리하고 훈계하는 일로 가득했다. 다른 아이들도 같이 모둠이나 활동을 하는 것을 두려워했다. 그 아이 한 명의 문제가 아니라, 다른 학생들의 마음도 걱정해야 할 판이었다. 그러나 잘 견뎌주었다. 내가 아니라 우리 반

사랑하고 배우면서 자란다

학생들이 말이다. 그들은 나보다 더 나은 인간이었다.

시간이 흘러 연말이 가까워질 무렵 학생들은 학급 보상으로 '선생님과 함께 하고 싶은 일' 목록을 적어 냈다. 교실에서 떡볶이 시켜 먹기, 혹은 함께 영화 보기, 같이 자전거 타기 같은 것 중에서 남학생들은 대부분 함께 PC방 가기를 선택했다. 그리고 그 아이도 PC방 가기 보상을 선택했다. 그때의 나는 솔직히 1년간 나를 너무 힘들게 한 아이와 학급 보상의 즐거운 순간을 함께하고 싶지 않았다. 하지만 나는 교사였고, 그걸 티 낼 수는 없었다.

그 주 토요일 시간을 내서 아이들과 학교 주변 PC방 앞에서 만났다. 그리고 주의 사항을 안내했다. 'PC방에서는 절대 떠들지 말 것, 욕하지 말 것, 나를 선생님이라고 부르지 말고 삼촌이라고 부를 것' PC방에서 당시 유행하던 게임을 함께 즐기다 슬쩍 일어나 그 아이를 보았다. 친구들과 어울리며 웃고 즐기고 있었다. 교실 밖에서 본 그 아이는 평범한 초등학생이었다. 두어 시간이 흐른 후 학생들을 모두 귀가시켰다. 그런데 그 아이가 다가와 쭈뼛대더니 순간적으로 머리를 푹 숙이며 꾸벅 인사를 했다.

"고맙습니다."

그 아이에게 처음 들어본 말이었다. '와, 뭘 사주니까 이런 말을 하는 건가?' 하는 생각이 들면서도 좋은 기회라는 생각이 들었다.

"사는 곳이 어디야? 쌤이 데려다줄게."

그 아이와 함께 걸었다. 오늘 한 게임과 먹은 간식으로 이야기를 시작했다. 그리고 정말 궁금했다. 왜 공개수업 때 그런 행동을 했는지, 친구들은 왜 괴롭히는지. 교사가 아닌 인간으로서 궁금했다. 그리고 덧붙였다.

"넌 내가 안 무서워?"

"쌤은 재밌어요."

어이가 없었다. 나는 둘이 깊은 대화를 했다고 생각했지만 아이는 그대로였다. 그럼 그렇지, 사람이 쉽게 변할 리 없다. 그런데 변한 건 나였다. 그날 밤, 한 가지 생각이 잠들 때까지 나를 괴롭혔다.

'내가 그 아이의 일상에 관심을 가지고 부드럽게 대화한 적이 언제였지? 아니, 그런 적이 있었나? 늘 사고를 치고 문제를 일으키는 바람에 그 아이는 늘 내 격앙된 목소리를 듣고 상기된 표정을 봤겠지. 거의 매일 그렇게 혼났으니까. 나도 인간이니까 개하고 사적으로 이야기하고 싶지 않았어. 어떤 날은 오히려 그 녀석이 여지없이 잘못을 하길 바랐던 것 같기도 해. 그동안 쌓여온 화를 풀고 싶었으니까. 개한테는 그래도 된다

사랑하고 배우면서 자란다

고 생각했으니까.'

잘못한 건 잘못한 거고, 왜 화를 못 이겨 문제 행동에 가려진 모습은 보려 하지 않았을까. '학생의 잘못은 학생만의 잘못이 아니다'라고 생각했는데, 그 신념을 그 아이에게만 적용하지 않았다. 작은 악마처럼 보였던 그 아이를 한번은 더 깊이 이해하고 싶은 마음이 들었다. 문제 행동에 가려진 사람 그 자체와 대화해보고 싶었다. 최소한 시도는 하고 싶었다.

다음 날, 그 아이는 여지없이 친구의 뒤통수를 때렸다.

"오늘 안 좋은 일 있어? 어제는 기분 좋았잖아. 친구에게 사과하자."

"미…안…."

군림하다 보니, 휘두르다 보니, 그리고 그런 태도로 모든 문제를 해결하려 하다 보니, 보려고 하지 않았던 모습을 목격했다. 사과하는 순간, 아이의 표정이 굳는 것을 보았다. 입술까지 떨었다. 감정 표현이 무척 서툴구나. 감사하다는 말도 미안하다는 말도 이렇게 어려워하는구나.

그동안 빨리 사과하지 않는 그 아이의 태도에 화가 나서 더 크게 소리 질렀다. 반성하지 않는 고약한 심보를 고쳐주고 싶었다. 이 아이에게 이런 경험은 처음이 아닐 것이다. 수많은 교사가 그렇게 스쳐 지나갔을 것이다. 어쩌면 자신을 보호하기 위해 그렇게 딱딱해져야 했던 걸까?

"사과하는 방법을 알려줄게."

5분간 기다렸지만, 아이는 '미안'에서 더 나아가지 못했다. 그날 방과 후 그 아이가 사과 편지 쓰는 것을 도와주었다. 대부분 내 입에서 나온 말을 받아쓰는 것이지만, 그럴듯한 사과문을 써냈고, 그 편지는 뒤통수를 맞은 아이에게 전달되었다. 그럼에도 아이는 여전히 사고를 치고 사과 편지를 썼다. 학생들은 "걔가 하는 사과도, 편지도 처음이다"라며 이해해주었다. 다행이었다.

그 아이는 곧 새 학년으로 올라갔고, 이윽고 졸업했다. 가끔 옛 제자들을 만날 때마다 '그 아이'가 어떻게 지내는지 꼭 물어봤다. "여전히 그래요"로 시작하던 말이 해가 지날 때마다 점점 "요즘엔 안 그래요"로 바뀌었다. 최근 우연히 SNS에서 본 그 아이는 정말 괜찮은 대학생이 되어 있었다. 성장하며 정말 괜찮은 친구와 교사를 만난 덕분이라 생각한다. 돌이켜보면 당시 나는 '감히 나에게'를 머릿속에 담고 있었다. 그래서 우리 반에 내 손으로 해결되지 않는 '문제아'는 없어야 한다고 여겼다. 기다려주지 않았고, 문제 너머의 인간을 탐구하지 않았다. 진짜 악마는 나였다. 그래서 나는 이 별명을 버리지 않기로 결심했다.

사랑하고 배우면서 자란다

아직도 매년 학생들에게 나를 악마쌤이라고 소개한다. 그리고 학생들이 나를 악마쌤이라고 불러줄 때마다 문득 그때 그 아이의 얼굴이 떠오른다. 이제는 내게 매우 고마운 얼굴이다.

어린이는 언제나 나를 자라게 한다

걱정이 칼이 될 때

역할극 시간이었다. 서로의 입장이 되어보고 상대를 이해하는 좋은 방법을 탐구하는 것이 목표였다. 학생은 친구와 놀러 가기로 약속했지만 학원 시간과 겹쳐 학원을 하루 쉬어야 하는 상황. 나는 그 이야기를 듣는 엄마의 역할을 맡았다. 시나리오대로 하면 학생이 오늘 학원에 못 가는 이유를 조리 있게 말하도록 보조만 맞추면 되었다. 그런데 갑자기 장난기가 발동했다.

"너, 저번에도 친구랑 논다고 학원 빠졌잖아! 안 돼!"

앞 친구들과 다른 상황이 주어진 학생의 눈에 지진이 일어나는 것이 보였다. 곧이어 아이들이 키득거리는 소리가 들려왔다.

사랑하고 배우면서 자란다

그러나 내 앞에 선 학생도 만만치 않았다. 연극이 시작되었다.

"엄마는 왜 항상 내가 말하면 '안 돼'부터 하세요? 내 이야기 잘 들어주지도 않잖아요."

"네가 할 일을 잘하면 엄마가 이런 말 하겠니?"

"친구랑 약속한 거라 꼭 나가야 해요!"

"말대꾸하지 마. 얼른 방에 들어가 문 닫고 있어!"

나는 재밌는 시트콤 한 편을 끝냈다고 생각하며, 이번에는 수업 목표대로 다시 해보자고 말을 건네려던 찰나였다. 학생은 고개를 푹 숙인 채 소리도 내지 않고 눈물을 뚝뚝 흘렸다.

'어, 이게 아닌데….'

괜찮냐고 물어보는 와중에 지켜보던 학생들이 달려와 우는 학생을 달랬다. 한 아이가 나를 보며 일갈했다.

"아, 선생님! 왜 애는 울리고 그래요!"

머쓱해진 나는 그저 그 아이가 눈물을 멈출 때까지 몇 분간 지켜볼 수밖에 없었다. 문 닫고 들어가 있으라는 말을 실제로 부모님께 들은 적이 있어서 자기도 모르게 눈물이 났다는 말에 나는 몇 번이고 사과했다. 그 문장은 아이 마음속에 오랜 시간 떠돌며 상처를 주는 칼날 같은 말이었다. 그저 연극이었고, 그 아이도 내가 상처를 줄 의도로 말한 게 아니라는 걸 알았지만 그 칼날은 나 때문에 소환된 것이다. 이렇듯 내가 의도

어린이는 언제나 나를 자라게 한다

하지 않은 일로 학생들에게 상처를 줄 때 퍽 난감하고 무척 미안해진다.

그런데 잔인하게도 내 말이 칼이 된다는 것을 알면서도 던지는 경우가 있다. 교사이기 때문에 학생들을 훈육하고 정신 차리게 한다는 명목으로 말이다. 어느 해 내가 '파워레인저'라고 부르던 학생 다섯 명이 있었다. 죽어라 과제를 안 해 오는 학생, 학습 부진 학생 등 상습적으로 방과 후에 남는 학생들을 묶어서 부르는 말이었다. 그 자체도 하나의 낙인이고 부끄러운 일이었을 텐데 아이들에게 미안한 마음은 들지 않았다. 방과 후에 시간을 내 지도해주는 건 일종의 특혜 같은 것이니. 나는 학생에게 은혜를 내려주는 사람이라고 생각했다.

"똑바로 해, 정신 차리라고. 반복해서 풀어."

"뭘 잘했다고 울어? 울면 문제가 해결될 거 같아?"

노력하면 된다고, 정신만 차리면 해결된다며 다그치고 혼냈다. 당연히 나에게는 정당한 이유가 있었다. 이 아이들은 이렇게 올해를 보내면 안 된다, 지금은 괴롭겠지만 내 덕분에 더 나은 학교생활, 나아가 더 나은 삶을 살게 되리라고 믿었다. 이러한 나의 진심 어린 걱정은 아이들을 울렸다. 방과 후에 남은 파워레인저는 하나같이 말린 오징어처럼 책상 위에 픽픽 쓰러

사랑하고 배우면서 자란다

저 있었고, 잠시 자리를 비울라치면 교실 안을 뛰어다니며 빗자루로 칼싸움을 했다. 매일 혼나고, 내 혀에 베였다. 그중 한 아이만큼은 정말 끈질기게도 나태했다. 어느 날, 결국 끝까지 문제를 풀지 못해 내가 퇴근할 때 함께 집에 가게 되었다. 나도 참 독한 사람이었다.

"그러니까 왜 열심히 안 해? 계속 딴짓하니까 해 질 때까지 있는 거잖아."

"쌤, 저도 진짜 잘하고 싶거든요? 근데 어떻게 해야 할지 도저히 모르겠어요."

머리를 한 대 얻어맞은 것 같았다. 그저 꾀부리고 게으른 학생이니 적당히 혼내고 압박하면 될 것이라고 생각했다. 이 아이는 그냥 몰랐던 건데 왜 표현을 안 하냐고, 모르면 모른다고 말하면 되지 않냐고 역정을 내버렸다. 그러나 역정을 내는 순간에도 나는 알고 있었다. 지금 내가 큰 실수를 했는데, 그걸 또 다른 화로 덮고 있다는 것을, 이 순간마저 학생 탓으로 돌리고 있다는 것을 말이다. 다음 날, 파워레인저는 해체되었다. 그리고 그 아이 한 명만이라도 제대로 돌봐야겠다는 생각이 들었다. 6학년이었지만 2학년 수학부터 시작해야 했다. 혹시 아이들이 학습지를 보고 놀릴까 봐 다른 시험지에 끼워서 주고, 방과 후에 남겨 지도했다. 하지만 시간이 부족했고, 아

어린이는 언제나 나를 자라게 한다

이는 나에게 겁을 먹고 있었다. 결국 이 아이와는 인연이 끊어졌다. 나는 걱정으로 포장한 칼날 같은 말을 사과하고 보듬어줄 기회조차 얻지 못했다.

또 다른 해, 방과 후에도 늘 운동장에 혼자 남아 스마트폰을 하는 아이가 있었다. 처음에는 신경 쓰지 않고 그냥 두었다. 그런데 계속 눈에 띄고 밟혔다. 걱정과 호기심으로 다가가 말을 걸었다. 딱히 누굴 기다리는 것도 아니고, 학원 갈 시간을 때우는 것도 아니었다. 그저 집에 들어가기 싫었단다. 해가 빨리 지는 시기이기도 했고, 학교 주변 가로등도 드무니 일찍 들어가야 한다고 타일렀다. 다음 날 만난 아이에게 어제 몇 시에 들어갔냐고 물으니 8시에 들어갔다고 했다. 전화번호를 물어보고 다음 날부터 오후 6시쯤 되면 아이에게 전화를 걸었다.

"누구세요."

"집에 들어가."

"왜요?"

"그냥 들어가라면 들어가."

"네."

이런 일방통행 통화가 몇 번 이루어졌다. 담임교사에게 이런 걱정을 알렸지만, 아이는 그대로였다.

사랑하고 배우면서 자란다

"쌤, 오늘은 진짜 들어가기 싫어요."

"내일 떡볶이 사줄 테니까 들어가."

떡볶이를 사주며 들은 이야기에 마음이 먹먹해졌다. 연로하신 할머니와 자신뿐인 집에 들어가기 싫다는 말이 내 어린 시절을 불러왔다. 먹먹해진 마음에 이내 비가 내렸다. 이후 가끔 같이 온라인 게임을 하거나 교실로 불러 공부를 시키고 집에 보냈다. 학생의 담임교사는 요즘 아이가 달라진 것 같다고 했다. 수업도 열심히 듣고, 말썽을 부리는 일이 줄어들었다며 감사 인사를 했다. 초등학교를 졸업한 후 중학교에 진학한 아이에게 나는 더 이상 연락하지 않았다. 할 만큼 했다고 생각했다. 그런데 이따금 아이에게 저녁때쯤 전화가 왔다.

"쌤, 뭐 하세요? 찾아가도 되나요?"

"쌤, 맛있는 거 사주세요! 같이 게임해요!"

처음 몇 번은 받아주었다. 그러나 주기적으로 반복되던 어느 날, 전화 목소리에 귀찮음과 짜증이 불거졌다.

'내가 그렇게 한가한 사람으로 보였나?'

걱정으로 포장된 칼날 같은 말이 날아갔다.

"이제 네 삶은 네가 잘 챙겨야지. 언제까지 선생님한테 의존할 거야? 지금은 선생님이 도와줘도 언젠가는 혼자 알아서 잘 지내야 할 거 아니니? 걱정돼서 그래, 선생님이."

어린이는 언제나 나를 자라게 한다

내가 쏘아대자 시무룩한 "네"가 반복되어 되돌아왔다. 그것이 그 아이와의 마지막 통화였다. 죄책감 때문이었을까? 아이가 어떻게 지내는지 무척 궁금했다. 그러나 그런 말을 뱉어놓고 아무렇지 않은 척 연락할 수는 없었다.

"걱정돼서 그래"라고 말했지만, 아이들은 직관적으로 안다. 나를 싫어하는 감정, 귀찮아하는 감정을 말이다. 어쩌면 그 아이가 믿고 기댈 만한 마지막 어른이 나였을지도 모른다는 생각이 들 때마다 한참 괴로워하기도 했다. 그 생각 끝에 돌이켜 보면 지난날 그 아이를 돌보고 배려해주려는 마음과 행동까지 의심할 수밖에 없었다. 그 아이를 진심으로 걱정한 게 아니라, 그런 행동을 하는 내 모습이 흐뭇하고 뿌듯했던 건 아닐까? 그저 '참교사 놀이'에 심취했던 건 아닐까, 하고 말이다.

학생들과 함께 지내며 던진 칼날 같은 말을 계속 돌이켜 보았다. 그마나 포장되었던 걱정조차 그저 나의 부정적 감정을 정당화하기 위한 또 다른 포장지에 불과했음을 깨달았다. 훈육이라는 명목 아래 칼날 같은 말을 던지며, 내 화를 숨기기 위해 '교사로서의 걱정'이란 정당성을 끌어 쓰고 있었다. 기억하고 인정하는 것만 해도 손가락이 모자랄 지경인데, 기억조차 못하는 일은 얼마나 많을까? 얼마나 많은 아이들이 내 말

사랑하고 배우면서 자란다

에 살을 에는 듯한 아픔을 느꼈을까? 이제 돌이킬 수도, 일일이 만나 사과할 수도 없는 노릇이다. 그저 지금, 그리고 앞으로 만날 아이들을 향한 걱정이 온전히 따뜻한 걱정이 될 수 있도록 나를 다듬는 것으로 갚을 수밖에 없다. 그래야 한다.

어린이는 미성숙한 존재다

'애들이 뭘 알겠어? 그냥 어른인 네가 이해해야지. 그러려고 네가 있는 거지! 월급 받으면서 말이야.'

누군가가 하는 말이 아니다. 학생과 감정적으로 부딪치고 난 날이면 어김없이 스스로를 달래기 위해 내 안의 합리화 전문 인격이 등장해 나를 달래는 말이다. 교사들은 가끔 "애들 때문에 왜 저렇게까지 난리를 칠까? 정말 그렇게 힘들어? 징징대는 거 아냐?" 하는 말을 듣는다. 생각해보면 그런 것 같기도 하다. 어린이들과 오래 지내다 보니 여덟 살부터 열세 살의 눈높이를 맞추어야 하는데, 이게 어른인 나로 돌아오는 것을 방해한다.

사랑하고 배우면서 자란다

"야, 너 말투가 옛날 같지 않다. 나 애 아니니까 나한테는 그런 말투 쓰지 마라! 어디서 가르치려고 해?"

술자리에서 친구들에게 이런 핀잔을 들을 때면 '저놈들 그냥 교사라는 직업에 대한 편견 때문에 저런 말을 하는 거야'라고 생각했다. 그러다 중학교 선생님, 유치원 선생님과 만나 이야기를 나누던 중 문득 깨달았다. 아, 이런 느낌이구나. 중학교 선생님 특유의 말투, 유치원 선생님 특유의 분위기가 물씬 풍겨오는구나. 걱정이 되었다. 혹시 나 또한 그 아이들과 같은 나이의 감정으로 회귀하는 것은 아닐까, 이 미성숙한 존재들이 나의 성숙함을 망가뜨리지는 않을까, 하고 말이다. 이런 생각이 오랜 시간 지속되었다.

매년 학기 초에 학생들과 '학급 온도계' 활동을 함께 계획하고 실천했다. 수업이나 일상생활에서 서로 배려하고 열심히 하면 학급의 온도를 올려주는 것이다. 일종의 전체 보상 개념이었다. 연말에 이르러 온도계는 정점을 찍었다. 칭찬과 격려의 남발 때문이었다. 솔직히 무엇인가를 달성한다는 느낌과 뿌듯함을 주고 싶었다. 최종 보상은 과자 파티를 하고 하루 종일 체육 활동을 하는 것이었다. 그날을 위해 아이들은 수업 진도를 당기는 것도 마다하지 않았다. 과제를 제출해야

어린이는 언제나 나를 자라게 한다

넘어갈 수 있다고 엄포를 놓자, 일부 아이들은 방과 후에 평소 과제를 낼 때 불성실한 아이에게 연락해 독려했다고 한다. 그래도 안 해 오는 독한 친구는 아침부터 다른 친구들이 전담으로 달라붙어 과제를 끝내게 했다.

"이렇게 할 수 있는데, 평소에 왜 그랬어?"라는 말이 목구멍까지 올라왔지만 못하는 것보다는 '할 수 있는데 안 한 것'이 차라리 낫다며 위로했다. 준비를 마치고 학급 자치 회의를 열었다. 그리고 모두가 만족할 만한 날짜를 정했다. 그런데 쉬는 시간에 한 아이가 쭈뼛대며 찾아왔다.

"선생님, 저 그날 일이 있어서 학교 못 와요."

"아까 날짜 정할 때 말했으면 선생님이 회의할 때 배려해 주라고 했을 텐데, 말하지 그랬어"라고 했지만, 아이는 몸을 꼬며 "괜찮아요"라고 말할 뿐이었다. 하지만 괜찮지 않았을 것이다. 아이들이 신나서 날짜를 정했는데 자기 때문에 좋은 날짜를 놓치고 미뤄야 하는 걸 기분 좋게 받아들이기는 어렵다. 그리고 몇몇 다혈질 아이들의 매서운 눈초리를 견디는 것도 쉬운 일은 아니다. 나조차 '개인 사정이 있으면 어쩔 수 없는 거지'라고 생각했다. 이제 와서 결정된 걸 어쩌겠나 싶어서 "아, 그래. 아쉽겠다. 같이 놀면 좋을 텐데 선생님도 아쉽네" 하고는 돌아섰다. 그런데 다른 아이가 우리의 대화를 들었다.

"어, 진짜야? 왜 미리 말 안 했어? 선생님, 잠시만요!"

그러고는 아이들이 놀고 있는 교실 뒤편으로 가더니 몇 명과 이야기를 나누었다. 잠시 뒤 아이들 몇 명이 우르르 몰려왔다. 긴급 자치 회의를 하고 싶다는 것이다. '설마?' 하는 생각과 호기심이 나를 강하게 자극했다. 너희가 뭘 생각하는지는 알지만, 안 될 거야.

"선생님, 다섯 명이 동의하면 회의 안건 제출할 수 있죠?"

"날짜를 미뤘으면 좋겠습니다. ○○이가 그날 학교 못 온다고 해서요."

기쁜 일이었다. 누군가를 생각해주는 마음이 기특했다. 그러나 결정은 결정이다. 뒤집으려면 합의가 필요하다. 그래서 한 명이라도 반대하면 이 결정은 뒤집기 어렵다며 다소 무리한 제안을 했다. 모두 엎드리게 한 뒤 반대하는 사람은 조용히 손가락만 들게 했다. 놀고 싶어 하는 아이들의 마음은 이기기 어렵다. 분명히 손가락을 살포시 드는 아이가 있을 것이다.

역시 손가락을 드는 아이가 있었다. 그리고 주위를 둘러봤다. 없다. 단 한 명뿐이었다. 바로 파티 당일에 못 온다고 이야기한 아이였다. 손가락을 든 아이의 마음과 들지 않은 나머지 아이의 마음 모두가 나를 쑤욱 하고 지나갔다. 소중한 마음이었다.

어린이는 언제나 나를 자라게 한다

"안타깝게도 손 든 사람이 있어서 번복하기 어렵습니다. 파티는 예정대로 진행합니다."

탄식 소리가 여기저기 들려왔다. 도대체 누가 들었냐며 성토하는 모습이 보였다. 순간 나는 갈등했다. 이대로 결정하면 친구를 위해 파티를 연기하자는 마음과 자신 때문에 친구들의 즐거움을 빼앗을 수 없다는 마음 모두를 묵살할 것만 같았다. 두 마음 모두 지키고 싶었다. 그래서 연기를 시작했다. 다급하게 행동하는 척하며, 괜히 컴퓨터 모니터를 보고, 마우스를 클릭했다. 그러고는 달력을 넘기며 인상을 쓰고 이야기했다.

"아, 이거 참. 여러분 정말 미안해요. 선생님이 깜빡했는데, 연기한 날은 어차피 학교 사정이 있어서 파티하기가 어렵네요. 제가 이걸 깜빡했어요. 미리 말 못해줘서 미안해요. 이건 여러분이 이해해줘야 해요. 교장 선생님 말씀이라 꼭 지켜야 하거든요."

물론 거짓말이었다. 교장 선생님까지 들먹이자 아이들은 안도했다. 다행이라며 서로 다독이는 모습도 보였다. 몇 명은 '선생님이 또 까먹으셨다'면서 '하루 이틀이냐'며 비난했지만, 아무렇지 않았다. 속인 건 미안했다.

그렇게 기대하고 원하던 파티인데, 어떻게 미룰 생각을 했냐는 질문에 아이들은 아무렇지 않게 대답했다.

사랑하고 배우면서 자란다

"함께 모은 보상인데, ○○이도 누릴 자격이 있잖아요."

'99명이 행복하기보다 1명의 불행을 막는 일에 관심을 두는 교사.'

이 경험을 통해 나는 단 한 명이라도 불행할 만한 결정을 모두의 노력으로 막을 수 있다는 믿음을 배웠다. 그리고 지금까지 교실 철학의 핵심이 되었다. 나는 미성숙하다고 여기던 존재에게 성숙함을 배워가고 있었다.

일부 사례를 들어 "이거 봐, 어린이들도 성숙한 존재야"라고 주장하고 싶은 것은 아니다. 여전히 경험이 적고 판단 능력에 신뢰가 가지 않는 것은 사실이다. 아이들은 미성숙한 존재가 맞다. 그런데 어떤 일에서만큼은 나도 당신도 미성숙한 존재다. 동네 꼬마가, 자녀가, 학생이 부족하고 한없이 어려 보일 때마다 먼저 자신을 돌아보았으면 좋겠다. 우리는 모두 함께 성장 중이다.

안아주세요

다른 반, 특히 옆 반이 훌륭하면 교사는 은근히 스트레스를 받는다. 학생들은 자기들끼리 모이면 각 반의 활동이나 이벤트를 공유하고 비교한다. 용감한 학생은 교사에게 대놓고 "옆 반은 이것도 하고 저것도 하던데, 왜 우리 반은 안 하나요?"라고 묻기도 한다. 물론 듣는 입장에서 기분 상하는 말이다. 하지만 이런 학생들의 '대놓고 비교'가 아니더라도, 교사들도 눈이 있기 때문에 다른 반이 신경 쓰이고 조금 더 분발하게 된다.

나에게는 지금까지 교사 생활을 하며 질투 날 정도로 부러운 교사와 학급이 딱 하나 있었다. 그 학급 교사는 가끔 아이들을 '안아주는' 활동을 했다. 원하지 않는 학생은 거절할 수 있었지만, 남녀 학생 모두 그 선생님에게 안기고, 안아주는 것을 피하지 않았다. 학생들은 교사에게 안길 때 더 밝고 활기차 보였다.

나는 남자이고, 남자 교사의 신체 접촉은 주의를 요하기 때문에 상상조차 해보지 못한 일이지만 나에게도 '안아주기' 경험이 전혀 없는 것은 아니다. 물론 그 교사의 경우와는 다른 느낌의 안아주기다.

어느 해 학급에 정서가 매우 불안한 학생이 있었다. 그 학생은 아침에 등교하는 것부터 힘들어했다. 기분이 안 좋으면 친구를 때렸고, 반대로 누군가 자신에게 조금만 싫은 소리를 하면 울거나 갑자기 교실을 뛰쳐나가기 일쑤였다. 교실을 나가는 게 가장 큰일이었는데, 가끔 학교 밖으로 나가버리는 일도 있었기 때문이다. 어느 날 아침 독서를 시켜놓고 학습지를 복사하기 위해 잠시 자리를 비웠다. 그런데 돌아와보니 그 아이가 사라져 있었다. 지각했지만 분명 등교하는 모습을 봤는데.

"○○이 화장실 갔나요?"

학급 회장의 표정이 심상치 않았다. 우물쭈물하면서 이야기를 꺼냈다. 내가 자리를 비운 사이 지각한 그 아이가 들어왔는데, 실내화를 가져오지 않았다고 한다. 그래서 여러 학생이 돌아가며 "실내화 갈아 신어야지!"라며 핀잔을 주었다. 그러자 그 아이는 갑자기 일어나서 "나, 학교 그만둘 거야, 나가서 죽어버릴 거야!"라고 소리쳤다. 그러고는 가방을 멘 채 교실을 나갔다는 것이다.

5분도 안 되는 시간에 일어난 일이었다. 모두 내 책임이었다. 자리를 비우면 안 되는 거였는데, 도대체 어디로 간 거지? 한편으로는 화도 났다. 그래서 괜히 아이들에게 쏘아붙였다.

"친구가 죽어버리겠다고 말하고 교실을 나갔는데, 어떻게 아무도 붙잡지 않았어!"

아이들이 붙잡지 않은 건 당연했다. 자주 있는 일이니까. 자기 기분에 따라 마음에 들지 않으면 나가버리는 것이 일상이었으니 으레 시간이 지나면 돌아오거나, 선생님이 잡으러 가겠거니 했을 것이다. 그 아이의 정서와 내면까지 보듬어주는 것은 내가 할 일이었다.

옆 반 교사에게 잠시 반을 맡기고 정신없이 교문까지 달려갔다. 시간이 좀 지났지만 뛰어가면 뒤꽁무니는 볼 수 있으리라 생각했다. 나갈 때는 뛰쳐나가도 교문부터는 누가 잡아주길 바라는 것처럼 천천히 걸어가는 아이였다. 그런데 아이는 어디에도 없었다. 아이의 이탈은 몇 년간 지속된 일이라 학교 앞 상점 주인들도 알고 있었다. 다급히 교문 앞에서 장사하던 분들께 물었더니 오늘은 안 나왔다고 했다. 뛰는 가슴을 진정시켜야 했다. 교장에게 알리고 경찰에 신고해야겠다고 마음먹었다. 그리고 교내로 돌아와 계단을 오르려는 순간, 계단 뒤편 작은 공간에 웅크려 울고 있는 아이를 발견했다. 엄청난 안도감이 밀려왔다. 가지 않으려는 아이를 반강제로 끌고 올라갔다. 당시 나는 차분한 대화와 상담을 나눌 여유가 없었다. 그 후 거의 30분 동안 학생들을 혼냈던 것 같다. 서로 돌봐주어야 하지 않느냐고, 나중에 정말 이 친구가 잘못되면 평생 그 사실을 어떻게 감당할 거냐고 말이다.

아이들에게 뱉은 말은 사실 내가 가장 두려워했던 것이다. 한참을 씩씩대다 이런다고 해결될 일이 아니라는 생각이 들었다. 동그랗게 둘러앉아 그동안 서로에게 섭섭했던 일, 오늘 일에 대한 생각을 이야기해보기로 했다. 하지만 방금 전까지 나한테 실컷 혼나서 분위기가 잔뜩 무거워졌는데, 제대로 될 리 없었다.

"선생님이 먼저 이야기를 시작해야겠네요."

솔직히 말했다. 나도 너무 두려웠다고, 이 친구가 다칠까 봐 걱정되었고, 그래서 여러분이 평생 후회할 일이 생길까 봐

어린이는 언제나 나를 자라게 한다

걱정되었다고. 그리고 나도 상처받는 게 무서웠다고. 이 일로 내가 좋아하는 '선생님'이라는 직업을 잃는 것도 두려웠다고 말이다. 그래서 여러분에게 화를 냈다며 일어나서 고개를 숙이고 사과했다. 이윽고 다른 아이들도 쭈뼛대며 말을 이어나갔다. 오늘 일뿐만 아니라 지난 일들 중 그 아이에게 서운했던 일, 그래서 방관했던 마음, 미안함을 표현했다.

"그럼 이제 한 명씩 ○○이와 대화해보자."

나부터 시작한 사과 릴레이였다. 그 아이 앞에 서서 한 명씩 미안한 마음을 전했다. 그렇지만 모두 내 마음 같지는 않았다. 정성스레 얼굴을 보며 사과의 말을 전하는 학생도 있는 반면, 그냥 짧게 "미안" 한마디를 건네는 학생도 있었다. 이해된다. 학생 입장에서는 교사가 갑자기 억지로 사과를 시킨다고 느꼈을지도 모른다. 하지만 당시에는 그런 과정이 필요하다고 생각했다. 그 아이의 예민함과 불안한 감정은 자신도 어쩔 수 없는 것이기에 우리가 좀 더 관심을 가져야 한다는 것을 상기시키고 싶었다.

그런데 정작 그 아이의 반응이 시큰둥했다. 우리가 이렇게 미안해하고 노력하는데 좀 더 감정적으로 수용하는 표정을 지어주면 안 될까? 살짝 섭섭한 마음도 들었다. 내가 괜한 짓을 한 걸까? 한 남학생 차례가 되었다.

사랑하고 배우면서 자란다

"○○아, 정말 미안해. 다음에는 내가 같이 있어줄게."

남학생은 그렇게 말하며 갑자기 아이를 덥석 안았다. 바로 옆에 내가 있었지만 말릴 틈도 없었다. 그 아이도 당황한 기색이 역력했는데, 너무 급작스러운 일이라 얼음처럼 굳어 안아주기를 받아들이고 있었다.

너무나 길게 느껴진, 그렇지만 무척 짧은 순간이 지났다. 안아주기가 끝나고 이어서 남은 학생들의 사과 릴레이가 계속되는 와중에, 아이는 갑자기 고개를 숙이고 굵은 눈물을 뚝뚝 흘리며 흐느꼈다. 그 전까지 이 아이가 전략적으로 사용한 '나 운다, 나 울어, 나 좀 봐줘' 식의 울음이 아니었다. 진짜 울음이었다.

나는 그 눈물의 의미를 긍정적으로 받아들이기로 했다. 방과 후 교실 나무 바닥에는 그 아이가 흘린 눈물 자국이 남아 있었다. 그 자국을 바라보며 갑작스러운 안아주기의 순간을 다시금 떠올렸다. 앞선 수십 번의 사과보다 한 번 '안아주는 것'이 얼마나 큰 위안이 되는지 생각해보았다. 내가 몇 개월간 말로 기울여온 훈육의 노력이 동갑내기 친구가 한 번 안아주는 것만 못했다는 생각에 쓴웃음이 지어졌다.

그렇다고 내가 학생들을 직접 안아주는 일은 없을 것이다. 하지만 가끔 상처가 많은 아이를 만나면 꼭 안고 괜찮다고 토닥토닥하고 싶다는 생각이 든다. 그래서 가까운 가족과 친구 중 이 아이를 꼭 안아주는 사람이 있기를 기도하게 된다.

살아가며 누구에게나 그런 날이 있고, 그런 사람이 꼭 필요하다는 걸 굳이 더 말할 필요가 있을까?

사랑하고 배우면서 자란다

지루할 틈이 없다

동료 선생님의 갑작스러운 병가로 2학년 학급에 보결 수업(담임 대신 수업을 맡아주는 것)을 들어갔다. 복도에서 한 아이가 폭주 기관차처럼 달려오고 있었다. 온몸으로 그 아이를 막아섰다. 허리까지도 미치지 않을 것 같은 작은 아이였다. "복도에서는 천천히 걸어야지요"라고 타이르자, 나를 올려다보며 물었다.

"그런데 아저씨는 누구세요?"

당연히 "응, 6학년 선생님이야"라고 말했어야 했는데, 당황해서 "6학년 가르치는 아저씨야"라고 답했다. 아이는 내 말을 다 듣기도 전에 쌩하니 교실로 들어갔다. 내가 들어가야 할

어린이는 언제나 나를 자라게 한다

학급이었다. 낯선 남자가 들어오자 아이들은 수군거렸다. 누군지 당연히 궁금했을 것이다. 그러자 방금 들어간 아이가 벌떡 일어나 손으로 나를 가리키며 말했다.

"저 사람 6층에 사는 아저씨래!"

아이들은 "그렇구나"부터 시작해 "그럼 우리 옆집인데?" "나도 본 적 있어"까지 통제할 수 없을 정도로 여러 말을 쏟아냈다. 정신이 혼미해졌다. 초등학교는 통제 불가능한 천진난만한 어린이부터 10대가 맞나 싶을 정도로 성숙한 어린이가 존재하는 공간임을 가끔 잊고는 한다.

수능을 치르고 난 뒤 사범대와 교대 합격이 모두 확실시되었을 때 나는 집이 가깝다는 이유로 주저 없이 교대를 선택했다. 교사가 되면 어떤 아이들을 만나게 될지, 어떤 일을 경험하게 될지는 상상도 하지 못했다. 상상 그 이상이라는 말이 더없이 잘 어울리는 곳이 초등학교 현장이었다. 유아기 아이는 의외성은 강하지만 실행력은 부족한데, 초등학생은 왕성한 호기심과 실행력, 용기를 갖추었다는 것이 문제였다.

어느 날 갑자기 다리에 깁스를 하고 온 학생이 있어 이유를 물었더니 친구 여럿이 아파트 정자를 지나가다 지붕에서 뛰어내릴 수 있는지 내기를 했다고 한다. 결과는 알다시피. 또

사랑하고 배우면서 자란다

어떤 날 퇴근길에 학생 한 명이 얼굴을 부여잡고 모랫바닥에 뒹굴며 통곡하고 있었다. 무슨 일인가 물었더니 주변 학생들이 말하기를 자신이 턱걸이를 '턱'으로 해보겠다며 철봉에 턱을 걸다가 이렇게 되었다는 것이다. 턱으로 자신의 몸을 철봉에 걸어놓는 모습을 상상한 걸까? 나는 학생을 들쳐 업고 병원 응급실로 갔다. 자초지종을 들은 보호자의 한숨 소리가 수화기 밖으로 튀어나왔다. 집에 이야기도 하지 않고 친구 집에서 잠드는 바람에 늦은 밤까지 연락이 안 되어 경찰과 함께 온 동네를 헤집어놓은 일은 웃으며 말할 수 있는 '에피소드' 정도의 귀여운 일이다.

가끔은 전혀 귀엽지 않은 일이 나를 바짝 긴장하게 만들기도 했다. 교직에 첫발을 내디디며 선배 교사에게 처음 들은 말은 "사탕은 절대 주지 마!"였다. 얼마 전 교사가 준 사탕을 삼키다 목에 걸려 학생이 목숨을 잃었다는 이야기였다. 매년 뉴스에서 수영장과 바다에서 물놀이를 하다가 다치는 학생과 교통사고로 어린 목숨을 잃는 안타까운 이야기를 듣는다. 그럴 때마다 가슴 아프면서도 내가 만나는 아이들과 내 주변에서 아직까지는 그런 일이 일어나지 않았다는 사실에 감사하게 된다. 자녀를 잃은 부모에게 비할 수는 없지만, 교직 생활 중 제자를 잃는다면 선생님이라는 직업을 계속할 수 있을까?

그래서 많은 교사들이 1교시부터 끝나는 시간까지 학생들에게 끊임없이 잔소리를 하는 것인지도 모른다. 학생마다 어떤 알레르기가 있는지 파악하고, 교실에 뾰족한 부분은 없는지 곳곳을 수시로 만져본다. 아이들이 뛰어놀 때는 사고로 이어질 수 있는, 아슬한 선을 넘을까 노심초사하고, 과학 실험 때는 내가 보지 않는 사이에 시약이나 화학 재료 등을 맛보는 아이들은 없는지 매의 눈으로 살펴보게 된다. 어떤 날은 화살이 빗발치는 전쟁터 한가운데 서 있는 듯한 느낌도 받는다. 잠깐 정신을 놓거나 한눈을 팔면 여지없이 사고가 빵 터지는 것이다. 화장실 한 번 못 갈 정도로 바빴다고 하는 교사들의 말은 비유가 아니다.

그러나 이런 어린이의 의외성과 용기가 무엇과도 바꿀 수 없는 행복 가득한 추억을 만들어주기도 한다. 크리스마스에 돈을 모아 아이들과 직접 재료를 사와 조리해서 학급 바자회를 열고, 그 수익금을 자선단체에 기부하는 활동을 몇 년간 해왔다. 처음에는 귀찮다며 투덜대던 아이들이 직접 전단을 만들어 시키지도 않은 홍보를 하고, 교장실에 찾아가 지갑을 열어달라고 말하는 모습을 보며 어린이만의 순수한 뻔뻔함과 귀여움에 감탄하곤 한다.

또 어떤 해에는 다 함께 주말에 시간을 내 자전거를 빌려

/ 69 /
사랑하고 배우면서 자란다

강변을 달리기도 했다. 자전거를 못 탄다는 몇 명 학생들을 '커플용' 자전거에 태워서라도 함께하겠다며 의지를 보여준 아이들과(평소 커플이라는 말만 나와도 질색하는 아이들이기에) 보낸 한나절은 교사로서 학생들에게 받을 수 있는 최고의 따뜻함이었다. 없던 인류애까지 생길 지경이었으니까. 그 외에도 나에게 걸리지 않으려고 철통 보안 속에 추진하지만 하루 만에 걸리는 스승의 날 이벤트. 생일에 선물을 챙겨주지 못해 미안하다며 모든 학생이 종이 한가득 빼곡하게 적어준 편지는 몇 년이 지난 지금도 생생히 기억나는 소중한 추억이다.

왕성한 호기심과 과감한 실행력이 벌이는 의외의 사건이 고뇌하게 하고, 진땀 빼게 만들지만 거기서 비롯된 예측 불가의 감동은 초등 교사만 누릴 수 있는 특권 같은 것이다. 그렇지만 누군가 초등학생과 지내는 건 어떤 느낌이냐고 물을 때면 구구절절 이야기할 수는 없다. 그래서 "순수해요. 그래서 위험하고 감동적이기도 하고요"같이 단순하게 말한다. 물론 그 말을 하는 내 눈빛은 촉촉해지고, 머릿속에는 수많은 사건이 스치지만 말이다.

인생을 살아갈수록 삶의 의외성이 줄어든다는 느낌을 받는다. 좋게 말하면 안정적이라는 뜻이겠지만, 그건 좀 지루하

어린이는 언제나 나를 자라게 한다

다. 언제나 의외성으로 가득한 어린이들과의 생활이 내 삶에 적절한 균형을 맞추어준다. 그게 참 좋다. 이걸 포기할 수는 없을 것 같다. 그래도 아이들이 자기 몸이 얼마나 튼튼한지 실험하지는 말았으면 좋겠다. 다치지 말자, 얘들아! 제발 부탁이다.

사랑하고 배우면서 자란다

신규 교사 시절, 3학년 학생들을 데리고 민속촌으로 현장
체험 학습을 갔다. 나름 철저히 준비했다. 학생들에게 학교 로
고를 새긴 체육복을 필수로 입히고, 나는 눈에 잘 띄는 노란색
모자를 썼다. 멀미가 심한 학생은 사전 조사해서 앞자리에 앉
히고, 붙이거나 먹는 멀미약도 구입해두었다. 민속촌으로 출
발한 지 한 시간이 가까워졌을 때, 한 아이의 다급한 목소리가
들려왔다.

"선생님! ○○이 토할 것 같대요."

나는 안전벨트를 풀고 검은 봉투를 챙겨 부리나케 달려갔
다. '아니, 멀미하는 애가 왜 저렇게 뒤에 앉은 거야' 하고 생각

하며 중간쯤 갔을 때, 갑자기 터져나온 아이들의 비명 소리로 버스는 그야말로 대혼란에 빠졌다. 여기저기서 다급한 목소리가 들려왔다.

"선생님, 저도 토할 것 같아요."

속으로 '얘들아, 나도 그래, 나도 비위가 약하다고…'를 연신 되뇌며 바닥을 닦았다. 나마저 역한 티를 내면 사고를 친 아이는 얼마나 속상할까. "아이고, 뭘 이렇게 많이 먹었니~" 하고 웃으며 여유로운 모습을 연기해야 했다.

간신히 민속촌에 도착했다. 하지만 다시 한번 절망해야 했다. 비가 내리기 시작한 것이다. 게다가 학생들을 잘 챙기기 위해 생각해낸 맞춤 체육복 전략도 소용이 없었다. 전국 초등학교가 대부분 비슷한 색과 마크의 체육복을 입는다는 것을 그때 깨달았다. 학생들을 데리고 다니면서 끊임없이 뒤를 돌아 확인하고, 걸음이 느린 아이를 챙겼다. 다른 학교와 겹쳐 줄이 끊기는 바람에 기어이 다른 학교 선생님을 따라간 아이를 찾느라 고생한 건 덤이었다.

점심시간이 되자 조금 쉬어볼까 했는데 도시락을 차에 두고 왔다며 우는 아이를 달래고, 친구들에게 김밥 하나씩을 모아 밥을 먹게 하고 나니, 입맛이 싹 사라졌다. 비 맞은 신문지처럼 너덜거리며 한쪽에 찌그러져 있었다.

마지막 일정은 '떡메 쳐서 인절미 만들기'였다. 학생들이 떡메를 몇 번 치면 그걸로 즉석에서 인절미를 만들어주는 것이었다. 세 명쯤 했을 때, 다음 차례 학생이 말했다.

"선생님, 저 팔이 아픈데 대신 해주시면 안 되나요?"

"응, 그래 선생님이 해줄게!"

지금도 그때 이 말을 한 것을 무척 후회한다. 대신 해주는 걸 보자마자 남은 학생이 모두 손을 들었다.

"선생님, 저요! 저도 해주세요!"

누군 해주고 누군 안 해줄 수 없는 게 초등학교의 룰이다. 물론 아이들은 내가 떡메를 칠 때마다 박수를 치며 좋아했다. 나 역시 기분이 좋긴 했다. 문제는 다음 날부터 며칠간 온몸에 근육통이 생겨 팔을 들 수 없고, 칠판에 글씨를 쓰지 못하게 되었다는 것이다. 학생들이 오늘따라 왜 그렇게 인상을 쓰냐고 물을 때마다 어색한 웃음을 짜내기 바빴다.

체험 학습을 하고 돌아온 날 침대에 파묻혀 고민했다.

'내가 이걸 몇십 년이나 할 수 있을까?'

고작 이런 걸로 그만두고 싶다는 생각을 했다는 사실 자체도 내 자존심을 박박 긁었다. 하지만 이런 일화가 시간이 지나면 당시 아이들과 나눌 수 있는 소중한 추억이 되기도 한다.

가끔 낯설고 반가운 전화를 받을 때가 있다.

어린이는 언제나 나를 자라게 한다

"선생님, 저 ○○이에요. 기억나세요?"

솔직히 잘 기억나지 않는다. 수백 명의 학생이 나를 거쳐 갔고, 얼굴과 이름이 가물가물해진다. 내 마음과 에너지는 언제나 지금 만나는 아이들을 향해 있기 때문이기도 하다. 걸려 온 전화 속 목소리는 낯설었다. 전혀 기억이 나지 않았다.

"저, 그때 민속촌 갈 때 토했던….."

아, 그건 잊을 수 없지. 단번에 아이의 얼굴과 이름이 떠올랐다.

"그때 저 토한 거 닦아주느라 힘드셨죠? 실습 갔는데 어떤 학생이 짜장소스 급식통 엎어서 제가 그걸 같이 닦는데 그날 생각이 나더라고요. 저도 애들한테 화 안 냈어요."

교생실습을 나가게 되었다는 그 학생의 전화를 받았을 때, 그날의 고통을 전부 보상받은 듯한 기분이 들었다. 그리고 그때 나를 힘들게 했던 학생이 이제는 예비 교사가 되어 그 상황을 똑같이 경험했다는 사실에 웃음도 났다. "나를 정말 힘들게 하는 학생이 있다면, 열심히 설득해서 교사가 되게 하라"라는 말을 실제로 경험하게 된 순간이었다. 이렇게 교사들은 자신이 가입하지도 않은 적금을 뜻하지 않게 받는 날이 있다.

가끔 "좋아하고 존경하는 선생님이 있는데, 졸업한 후에도 계속 연락하고 찾아뵙고 싶어요. 그렇게 해도 되나요?"라고

사랑하고 배우면서 자란다

묻는 학생이 있다. 당연히 찾아주고 연락하는 것은 교사로서 기분 좋고 뿌듯한 일이 맞다. 그런데 괜스레 걱정스러운 마음이 들어, 졸업을 하거나 나를 떠나는 학생들에게 당부하는 것이 있다. 혹시 지난 담임이나 교사를 찾아가는 것이 지금의 친구들이나 선생님을 회피하려는 마음 때문이거나 새로운 환경을 받아들이기 어렵기 때문은 아닌지 생각해봤으면 좋겠다고 말이다. 언제나 현재에 충실하고 조금 어려워도 지금 곁에 있는 사람들에게 도움을 구하며 관계를 맺으려고 노력해야 한다고. 그것이 성장이라는 말도 덧붙인다.

그래도 정말 찾아오고 싶다면 10년, 적어도 5년 정도는 지나 멋지게 성장한 모습으로 찾아왔으면 좋겠다고 말한다. 여기에는 잊고 있던 이자가 잔뜩 쌓인 적금을 받을 때처럼 어린이에서 청소년으로 크게 성장한 모습을 보고 싶은 욕심도 담겨 있다. 가끔 인간으로서 지치고, 삶에 재미가 떨어질 때가 있다. 그럴 때 장성한 아이들을 보면 나의 고된 노력이 누군가에게 멋진 성장의 씨앗이 되었다는 사실을 깨닫고, '또 해보자'며 무릎 잡고 일어날 힘이 생기기 때문이다.

다시 예전으로 돌아간다면 교사라는 직업을 선택하지 않겠다고 말하는 교사들도 있다. 나도 가끔 자괴감이 들 때가 있지만, 그걸 덮고도 남을 만큼 위로가 되는 경험도 많이 한다.

어린이는 언제나 나를 자라게 한다

그래서 나는 다시 기회가 주어진다고 해도 초등 교사를 선택할 것 같다.

우리를 자라게 할 또 다른 이야기 **1**

김종민 (@bechemtea)

2018년, 저는 질풍노도의 중학교 2학년 학생들 30명의 담임 교사였습니다. 반 아이들은 서로 사이가 좋고, 밝으며 활달했습니다. 당시 자기들끼리 장난치고 노는 모습을 보고 있자면 마치 사고는 많이 치지만 미워할 수 없는 '비글'이 떠오르곤 했습니다.

그 해 여름, 어떤 개인적인 일로 몹시 힘들었던 날이었습니다. 아침에 지각을 해서 종례 후 벌 청소를 하던 아이와 함께 교실을 청소하고 있었습니다. 그 아이와 이런저런 이야기를 하며 청소를 하다가 저도 모르게 이런 말이 나왔습니다.

"쌤은 어렸을 때 선생님이란 존재가 정말 슈퍼맨 같았어. 그런데 쌤이 되어보니까 쌤들도 평범한 사람이었어…. 너희는 힘들 때 쌤들한테 상담을 하잖아. 근데 쌤이 힘들면 누구한테 말해야 할까?"

정말 별생각 없이 저도 모르게 내뱉었던 말이라 까맣게 잊고 그대로 청소를 마친 후 퇴근했습니다. 그날 밤 집에서 쉬고 있던 중에 갑자기 학급 아이 몇몇이 메시지를 보내기 시작했습니다. '선생님 보고 싶어요' '쌤! 쌤이 최고예요' '쌤 힘내세요' 같은 응원의 문자였습니다. 낮의 일을 잊어버린 채 받은 메시지라 얘들이 왜 이러나 싶었지만 그래도 기분은 좋았습니다. 대신에 겉으로는 밤늦게 연락하지 말라며 핀잔을 주었습니다.

그리고 다음 날 아침 조회 시간. 교탁 위에는 아이들 수만큼의 편지가 놓여 있었습니다. 갑자기 웬 편지냐 하고 이유를 물으니 어제 청소 시간에 지나가며 했던 말을 그 아이는 흘려듣지 않았고 그날 밤 단체 메신저에서 쌤이 힘든가 보더라며 이야기를 했던 것입니다.

인생을 살면서 그때만큼의 감동을 또 언제 느껴볼까 싶은 날이었습니다. 지금은 그 아이들과 멀리 떨어졌지만 저는 평생 그 아이들과 그 편지, 그날의 감동을 잊지 못할 겁니다. 글을 쓰는 이 순간에도 보고 싶은 그 아이들에게 항상 힘내라고, 응원한다고 전해주고 싶습니다.

주쌤 (@zooclass_.)

수학 시간에 수학을 어려워하는 아이에게 간단한 문제를 물어보니 아이가 당황해하며 우물쭈물했습니다. 다른 아이들은 조용히 기다렸고, 옆에 앉아 있던 친구가 "할 수 있어! 어려운 거 아니야"라고 응원해주었습니다. 기다리며 응원해주는 아이들의 모습에 저도 "맞아. 어렵지 않아"라고 맞장구치려던 찰나, 또 다른 친구가 말했습니다. "네 기준으로 쉽다, 어렵다 판단하면 안 돼. 다른 사람한테는 어려울 수도 있어."

마음 따뜻한 아이들에게서 다름을 알아가는 방법을 배웠습니다. 그리고 혹시나 나의 말이 아이들 마음에 생채기를 내는 건 아닐까, 돌아보는 시간도 가졌습니다. 다시 떠올려도 마음이 쿵 하고 다정한 아이들의 모습에 울컥했던 일입니다.

은지

일반유아와 특수유아*가 함께하는 통합반을 운영하게 되어 걱정이 정말 많았습니다. 하지만 제 걱정과 달리 서로 잘 어울려 지냈습니다. "내일 또 놀러 와!" 서로 반갑게 인사하기도 하고, "선생님! 우리 친구야"라고 이야기하는 아이들을 보며 편견을 가지고 있던 건 아이들이 아닌 나였구나 하고 반성하게 되었습니다.

＊ 특수유아 영재 또는 발달상의 지체를 보이는 유아 모두를 포함하는 말.

조선희 (@jsh_9107)

7년 차 보육교사입니다. 상담 기간 중 학부모에게 들은 이야기가 있습니다. 어느 날 어머니가 훈육 과정에서 아이에게 "너 이렇게 말 안 들으면 선생님이 너 싫어할걸?" 하고 말했다고 합니다. 그러자 아이가 "아니! 우리 선생님은 나 엄청 사랑하셔, 난 선생님 눈빛만 봐도 알 수 있거든"이라고 대답했다고 합니다. 그 말을 전해 듣고 마음이 울컥했습니다. 호되게 야단칠 때도 있는데, 그럼에도 우리 선생님이 최고라고 말해주는 아이들 때문에 버티고 나아갈 힘을 얻습니다.

2장

우리가 함께 자라는 초등학교

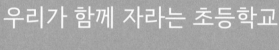

> ## 세상에는 두 타입의
> ## 선생님이 존재한다

　월요일에 한 학생이 아침부터 내 옆으로 쪼르르 다가와 자신의 일상을 털어놓았다. 가족끼리 주말에 무엇을 했는지, 동생과 어떻게 지냈는지 조잘거렸다. 교사들이 학생과 대화할 때는 낱말이나 뉘앙스에 신경 쓴다. 공개적이나 개인적으로 말한 내용이 보호자 귀에 들어가기 때문이다. 가끔은 토씨 하나 틀리지 않고 전달될 때가 있어 당황스럽기도 하다. "쌤, 여자 친구 없으면 소개해드릴까요"라는 학생의 말에 농담으로 "꼭 소개해줘. 그런데 선생님은 눈이 높으니까 잘 찾아봐야 해"라고 말한 다음 날, 학부모에게 '선생님께 소개해드리고 싶은 분이 있습니다'라는 문자를 받았다. '선생님 눈이 높다 들

어린이는 언제나 나를 자라게 한다

었다'며 상대의 학벌 등 스펙까지 챙긴 꼼꼼함에 바로 전화를 걸어 사양한 기억이 있다.

반대의 경우도 마찬가지다. 내가 알면 안 될 것 같은 가정사, 예를 들면 부부 싸움 같은 내용까지 교사에게 허심탄회하게 이야기하는 학생이 있다. 학생에게는 언제나, 누구든 말조심을 해야 한다. 그날 이 학생이 내게 풀어낸 이야기는 이런 것이었다.

"선생님, 토요일에 마트 가셨죠? 엄마랑 같이 봤어요."

"그럼 와서 인사하지 그랬어. 어머님은 전에 한번 뵈어서 얼굴도 알아. 그럼 선생님도 반갑게 인사했을 텐데" 했더니, 엄마가 오늘 '쌩얼'이라 절대 안 된다며 그 자리를 황급히 피했다는 것이다. 그 이야기에 바로 말을 바꿔 그럴 때는 알은척하지 않는 게 서로에게 좋을 것 같다고 했다.

사실 밖에서 마주쳤을 때 학부모가 피하는 경우는 드물다. 대부분 이런 상황에서 당황하는 것은 교사이고, 피하는 것도 교사이기 때문이다. 마트나 카페, 길거리에서 학생 혹은 학생의 보호자와 마주치는 것을 어색해하고 불편해하는 교사가 많다. 그래서 학교와 가까운 곳에 주거지를 마련하는 일은 되도록 피한다. 대부분 '교사인 나'를 드러내는 것이 그 자체로 약점이 될 때도 있기 때문이다. 교사들은 학교 안에 있을 때

우리가 함께 자라는 초등학교

안전하다는 느낌을 받는다.

'어항 속 금붕어'

교사와 학교 밖 세상의 관계를 이렇게 생각하는 경우가 많다. 누구나 모든 방향에서 볼 수 있고 감시할 수 있다. 심심하면 툭툭 건드려볼 수도 있다. 금붕어는 예고 없는 물체의 그림자와 어항의 충격에 놀라 정신없이 도망 다닌다. 어항 속 금붕어의 마음이 교사가 겪는 일상 스트레스와 같다.

SNS 프로필에 올린 애인과의 사진을 보고 '학생의 연애 감정을 부추긴다'며 민원을 넣고, 휴양지 사진을 보고 국민 정서에 맞지 않는다며 똑바로 처신할 것을 요구하기도 한다. 주말 번화가에서 본 담임교사의 옷차림이 교육적이지 않다며 교사들의 복장을 점검하라는 민원까지 접하는 날에는 내가 지금 민주주의 국가에 살고 있는지 의심스러워진다.

상황이 이렇다 보니 금붕어가 취하는 태도는 한 가지다. 죽은 척하는 것. 죽은 금붕어에게는 아무도 흥미를 보이지 않기 때문이다. 그래서 많은 교사들이 SNS 활동을 포기하거나 프로필을 '無' 상태로 유지한다. 활동하고 싶으면 다른 폰과 전화번호를 개설하며 학생, 학부모와 자신의 일상을 분리하려 애쓴다.

그렇지만 다른 감각으로 외부 세계를 받아들이는 교사도

있다. 기본적으로 교사들은 학생들에게 긍정적인 관심과 사랑을 받길 원한다. "난 관심, 사랑 다 필요 없으니 사고나 안 쳤으면 좋겠어"라고 말하는 교사라도 학생들이 준비하는 작은 이벤트와 편지에 눈시울을 붉히는 것은 똑같다. 학생들 기억에 남을 만한 좋은 교사, 인정받는 교사가 되는 것을 거부할 교사는 없을 것이다. 그게 이 일이 주는 가장 큰 보람이기 때문이다. 그렇기에 교사는 일반적인 사람들이 평생 받을 사랑과 관심을 넘어서는 묘한 경계에 놓인다. 나는 이 어중간한 교사의 포지션을 이렇게 부른다.

'월급 받는 연예인'

어떤 교사들은 조금 더 보태 '돈 못 버는 연예인'이라고도 하는데, 어쨌든 핵심은 '연예인'이다. 일반적인 연예인이 대중의 사랑을 갈구하고 평가를 받는다면, 교사는 그것보다는 적은 수의 학생 앞에 서서 사랑과 평가를 받는 존재다. 학생들이 내가 준비한 수업에 즐거워하고 행복했으면 좋겠다. 다른 반 친구들에게 "우리 선생님이 최고다"라고 자랑했으면 좋겠고, 시간이 지나도 내가 한 말과 행동 등을 떠올리며 기억했으면 좋겠다는 마음이 든다.

언젠가 밸런타인데이에 한 여학생이 작은 초콜릿 상자를 들고 서 있었다. '올해도 올 게 왔구나!' 생각하며 어떻게 고

우리가 함께 자라는 초등학교

마음을 표현할지 고민했다. 그런데 학생은 상자를 내밀며 이렇게 말했다.

"쌤, ○반 쌤한테 이거 드리고 싶은데, 전해주시면 안 돼요?"

"아, 그래. 그럴게" 했지만, 기분이 상하는 건 어쩔 수 없었다. 설레발친 내가 부끄러워진 건 물론이다. 학생은 "열어보시면 안 돼요! 드셔도 안 돼요!"라고 확인 사살까지 하고 가버렸다. 초콜릿 상자를 후배 교사에게 전달하니, 그 후배는 머쓱해하며 안에 담긴 초콜릿 몇 개를 나누어주었다. 그렇게 달지 않은 초콜릿은 처음이었다. 시간이 흘러 점차 나에게 집중하던 학생들의 관심이 다른 반 선생님에게 쏠릴 때, 학기 초 선생님 소개 시간에 들려오는 함성이 나날이 작아질 때 전성기를 보낸 연예인들의 마음을 이해하게 된다.

나는 지금도 학생들에게 관심받고 싶다. 어항 속 금붕어가 느끼는 감정처럼 모든 관심이 긍정적이지 않을 때도 있다. 관심을 넘어 상처가 되는 간섭과 훼방도 분명 있다. 그렇지만 학생들이 보내주는 웃음과 행복감은 그 모든 것을 충분히 덮고, 가뿐히 넘어서는 기쁨 그 자체다. 그래서 학생들 앞에서 개그맨처럼 웃기고, 희화화되는 것을 반기고, 나이를 잊고 까불거리는 것을 부끄러워하지 않는다.

어린이는 언제나 나를 자라게 한다

'관종'이라는 말이 있다. 관심받고 싶어 무슨 짓이든 하는 관심 종자를 줄인 말이다. 부정적으로 쓰는 경우가 대부분인데, 요즘은 그야말로 '대관종 시대'다. 예전의 부정적 이미지보다는 끼가 있는 사람, 흥을 주체할 수 없는 사람을 장난기 담은 말로 표현하는 단어가 되었다. 그래서 나는 학생들에게 "선생님도 관종입니다!"라 선언하고 사랑받고 싶으니 관심을 좀 가져달라고 웃으며 애원한다. 나에게는 학생들의 관심이 버티는 힘이 된다.

학교한줄 SNS로 중고등학생에게 "선생님에게 관심과 사랑을 표현하고 싶은데, 어떻게 하면 좋을까요?"라는 질문을 받는다. 혹시 자신의 관심을 싫어하거나 부담스러워하면 어쩌나 하는 걱정이 묻어난다. 초등학교에서는 좀처럼 보기 힘든 상황이기는 하지만, 팬덤 문화에 익숙한 연령대의 학생들 사이에 선생님을 진짜 연예인처럼 대하고, 일명 '덕질'을 하는 문화가 있는 것은 당연한 일인지도 모른다.

그럴 때 선생님이 '어항 속 금붕어' 타입인지 '연예인' 타입인지 잘 관찰해보라고 알려준다. 금붕어라면 적당한 거리, 부담스럽지 않은 말과 행동이 최고의 관심과 사랑이 될 것이다. 그리고 대부분의 교사가 이런 타입이라고 이야기해준다.

그리고 이 고민의 대상인 선생님이 부러워진다. 아마도 어항 속 금붕어 선생님일 것이다(연예인 타입은 자신을 향한 학생들의 관심을 귀신같이 알아차린다). 이렇게 학생에게 사랑과 관심을 받고 있다는 것을 안다면 그날 하루가 더없이 행복할 텐데 말이다.

어린이는 언제나 나를 자라게 한다

어린이의 '라떼'

우리는 그 어느 때보다 미디어의 홍수(라는 말도 식상하다) 속에서 살고 있다. 그래서 "학생들의 미래가 걱정이다"라는 말이 여기저기서 들린다. 사실 어른들은 항상 지금 세대의 모든 행동과 생각 하나하나를 걱정한다. 부모님 세대에는 만화방이 골치였고, 내 세대에는 TV와 각종 '방'이 있었다(노래방, PC방 등). 요즘 세대에게는 '디지털 미디어'가 있다. 이것을 담아낸 모바일은 지나치게 가까이 있고, 오랜 시간 할 수 있으며, 다양한 생활 영역에 영향을 준다. 나부터 잠들기 전까지 스마트폰을 만지고, 일어나자마자 스마트폰부터 확인하니 말이다.

매년 학교에서 인터넷·게임 중독 검사를 실시한다. 학생들이 검사를 잘 받을 수 있도록 나도 함께 검사를 해보는데, 민망한 일이 생긴다.

"선생님은 몇 점 나왔어요?"

당연히 '건강하다'에 해당하는 점수가 나왔다며 둘러대지만 검사지에는 엄연히 '인터넷 중독 위험'이 떠 있다. 교사로서는 건강 그 자체지만, 일반인으로서 '나'는 반 학생들과 다를 바 없다. 이런 비슷한 사례를 경험하고 나면 내가 뭐라고 아이들한테 이래라저래라 가르치나 싶기도 하다. 지금 학생들이 못하는 것은 사실 대부분의 어른도 못하는 것이기 때문이다. 아침 일찍 일어나기, 말 잘 듣기, 성실히 공부하기, 좋은 사람 되기 등등. 학생들은 자라면서 눈치챈다. 어른도 자신들과 별반 다르지 않다는 것을. 그러니 기성세대의 "라떼는 말이야"로 시작하는 훈계와 권위주의에 조소와 조롱을 표현하는지도 모른다. 그럼 기성세대의 권위가 무너지는 것을 경험한 지금 아이들은 '라떼'를 종식시킬 수 있을까?

몇 해 전, 한 학생이 울먹이며 찾아왔다. 학교 폭력을 당했다는 것이다. 학생은 나에게 큰 인형이 달려 있는 스마트폰을 내밀었다.

어린이는 언제나 나를 자라게 한다

"중학교 언니들이 저희를 저격했어요."

초등학교 고학년과 중학생의 마찰은 늘 있는 일이다. 그런데 저격이라니? 요즘 SNS에 관심을 가지는 학생들은 대부분 페이스북으로 SNS를 시작한다. 여기에 학생들이 자발적으로 '××학교 대신 전해드립니다'라는 채널을 만들어 운영하는데, 유용한 학교생활 정보를 공유하거나 물물교환 등의 커뮤니티 장으로 활용된다. 제보자가 채널 운영자에게 글을 게시해달라고 부탁하면 운영자는 그 글을 그대로 올려주었다. 그런데 여기에 이런 글이 올라왔다.

"××초 6학년들, 인사 잘하고 다녀라. 눈× 이상하게 뜨고 쳐다보지 말고."

사실상 공개적으로 우리 학교 학생들에게 선전포고를 한 셈이었다. 졸업 후 대부분의 학생이 인근 중학교로 진학하기 때문에 학생들은 공포에 떨었다. 관련된 학생들을 불러 조사했더니 며칠 전, 우리 학생 몇 명이 길을 가다 졸업생인 중학교 1학년 무리를 만났다고 했다. 그런데 6학년 중 한 명만 인사하고 나머지 학생들은 어정쩡하게 서 있었다. 중학생들의 얼굴은 알지만 이름도 모르고 대화를 나누어본 적도 없었기 때문이다. 그날 오후 중학생 중 한 명에게 연락이 왔다.

"야, 너네 뭐야? 아까 인사 제대로 안 한 애들은 뭐냐?"

이 연락을 시작으로 톡방에 중학생들이 한 명씩 들어오기 시작하더니 온갖 욕설과 비난이 올라와 톡방을 나왔다고 했다. 중학생들은 여기서 그치지 않고 'XX학교 대신 전해드립니다'에 공개적으로 6학년 학생들을 비난한 것이다. 그 게시물의 댓글에는 사과하는 우리 학교 학생과 비난하는 학생, 오면 가만두지 않겠다는 학생의 글이 뒤섞여 난리였다. 학교 폭력 담당 교사이던 나는 작업을 시작했다. 우선 학생들의 댓글을 하나씩 캡처하고 댓글마다 캡처한 화면과 내 댓글을 함께 남겼다.

"당신의 욕설과 비난의 글을 캡처했습니다."

바로 댓글이 달린다.

"뭐야, 너 뭔데?"

"XX초 학교 폭력 담당 선생님인데요."

그러자 댓글이 귀신처럼 사라졌다. 또 다른 문제는 없는지 알아보고 싶었다. 채널의 첫 게시 글부터 찬찬히 훑어보았다. 만든 지 3개월 이상 된 채널에는 과목별 과제 안내나 교복 나눔, 맛집 공유, 소소한 고백 등이 올라왔다. 그러나 어느 순간 학생 간 뒷담화나 교사에 대한 비난 등도 가감 없이 올라왔고, 이제는 본인들과 무관한 초등학교까지 뻗친 것이다. 운영자에게 걱정을 담은 장문의 메시지를 보냈다. 메시지에 대한 답

어린이는 언제나 나를 자라게 한다

변은 '죄송하다' 정도였다. 당연한 일이다. 운영자는 같은 학교 중학생일 뿐이고, 채널에서 일어나는 모든 폭력적 상황과 결과를 전혀 책임지지 못한다. 채널을 관리하는 학생도 난감하다고 했다. 만약 운영자가 댓글을 지우거나 요청한 글을 게시하지 않으면 학생들은 왜 차별하냐면서 운영자를 욕했다고 했다. 제보 글을 가려 받는다고 해결될 일이 아니었다. 나는 채널을 폐쇄하는 것이 좋을 듯하다고 이야기했다. 중학생 한 명이 감당하기에 벅찬 일이었다. 결국 채널은 폐쇄되었고, 중학교 생활지도 담당 교사와 통화한 후 정식으로 중학생들의 사과를 받고 사건은 마무리되었다.

몇 개월 뒤, 방과 후였다. 학생들이 모두 떠난 교실 문 앞에 여학생 몇 명이 서성거리고 있었다. 직접 나가 무슨 일인지 물어보았다.

"선배님들 때문에 무서워서요."

5학년 학생들이었다. 겨우 한 살 차이 초등학생들끼리 언니 오빠 하면 될 것 같은데, 꼬박꼬박 '선배님'을 붙이니 어이가 없었지만, 일단 이야기를 들어보았다. 5학년과 6학년은 같은 층을 쓰는데, 점심시간이 되면 각 반의 배식 차가 복도 중앙에 모인다. 학생들은 배식 차를 가지러 가면서 서로 만나게 된다. 이때 6학년 학생 몇 명이 자신들에게 인사를 똑바로 하지 않는다며 째려보고, 만날 때마다 어깨를 일부러 치고 간다는 것이다. 당연히 상대방 이야기도 들어봐야 한다. 다음 날 공포 분위기를 조성한 인물로 지목된 학생들을 불렀다.

"아니, 네가 왜 여기서 나와?"

경악을 금치 못했다. 몇 개월 전 '대신 전해드립니다' 사건 피해자였던 학생들이 여러 명 포함되어 있었던 것이다. 솔직히 조금 화가 났다. 선배의 권위적인 지시와 압박으로 마음고생을 해본 친구들이 같은 방식으로 후배를 괴롭히고 있었다니 말이다.

"그래도 저희는 째려보지는 않았어요."

"저는요, 선배님들이 뭐라고 하면 말대꾸 같은 거 안 했다고요."

오늘 나를 두 번이나 보고도 인사하지 않던 학생들의 당당한 선배 대접 요구에서, 나에게는 "아~ 쌤"이라고 넉살 좋게 말하던 학생들이 한 살 많은 학생에게는 깍듯하게 "안녕하세요, 선배님" 하는 모습에서 확실히 느꼈다. 누구나 저마다의 '라떼'가 있다는 것을. 이놈의 권위주의는 쉽게 사라지지 않을 듯하다.

꼭 해야 돼요?

모든 질문은 존중받아야 하고, 다양한 형태로 존재해야 한다. 대한민국 교육에는 질문이 없다는 늘상 제기되어온 비판은 언제나 마음에 새기는 부분이기도 하다. 그런데 가끔 다음과 같은 질문은 뇌 한구석에서 잠자던 '화'의 감정을 발로 차 깨우곤 한다.

"왜 해야 돼요?"

"꼭 해야 돼요?"

아마 교사들이 들었을 때 가장 속상하고 불편한 질문이 아닐까 싶다. 거짓말 조금 보태 이 질문을 듣는 순간 거의 100퍼센트 뭉클한 억울함이 가슴에서 목까지 질주하는 것을 느낄

우리가 함께 자라는 초등학교

수 있다. 질문의 뉘앙스가 무척 중요한데, 논쟁적인 질문이 아니라 그냥 첫 반응부터 하기 싫은 마음을 담아 하는 말을 이야기하는 것이다.

초등학생의 경우, 이와 같은 질문에 이어 "몇 줄 써야 해요?" "그림 바탕도 칠해야 해요?" "하면 뭐 줘요?" "지금 해요?" 같은 기출 변형을 보이기도 한다. 하기 싫은 이유가 매우 디테일해진다. 사람의 게으름이란 너무나 독창적이어서 몇 줄 써야 하냐는 질문에 "세 줄 정도만 써봐요"라고 하면 공책 한 줄에 열 글자씩 적어내며 어마어마한 띄어쓰기 신공을 보여준다. 한 학생에게 이걸로 몇 번 당하고 나서는 아예 "자신의 생각을 쓰되 최소한 세 줄 이상씩 쓰고 띄어쓰기하지 마세요"라고 말할 때도 있다. 학생도 어이가 없는지 "선생님, 띄어쓰기는 해야 하지 않아요?"라고 묻길래 "선생님이 알아봤는데 처음 한글을 만들었을 때는 띄어쓰기가 없었답니다" 하고 이 악물고 웃으며 협박 아닌 협박을 하기도 했다. 내가 지금 초등학생 한 명 이기려고 이렇게 애쓰고 있구나, 하는 생각에 헛웃음이 나오기도 했다.

이런 일을 몇 차례 겪고 나서 '학생들은 왜 이런 질문을 하는 걸까?' 하고 고찰의 시간을 가졌다. 꼭 해야 하냐고 물어보는 이유가 뭘까? "응, 안 해도 돼"라는 말을 듣고 싶은 걸까?

그럴 거면 애초에 시키지도 않았을 텐데, 도대체 무슨 대답을 원하는 걸까, 곰곰이 생각해보았다.

아주 단순하게 생각하면 '하기 싫다'는 뜻이다. 안 할 수 있으면 안 하고 싶다는 거다. 해야 하는 이유에 대한 질문뿐 아니라, 기나긴 한숨과 찌푸린 얼굴로 지금 얼마나 하기 싫은지 알아달라는 티를 팍팍 낸다. 결국 끈질긴 설득 끝에 어떻게든 학습과 과제를 마치게 하고 나면, 교사와 학생의 관계는 시켜야 하는 존재와 어떻게든 피해보겠다는 존재의 자존심 싸움으로 가득 차 있다는 생각에 한숨이 나온다.

교사들은 이런 학생들의 반응에 기분 상하거나 (열심히 준비한 수업에 대한) 존중을 받지 못했다는 생각에 자잘한 상처를 입는다. 반복 훈련을 위한 과제와 시간 내기를 조금 더 요구하면 부모에게 "우리 아이에게 공부 스트레스 주지 마세요"라는 민원을 듣기도 한다. 결국 타협점을 찾는다.

요즘 국어 시간에 쓰기 비중이 점점 줄어들고 있다. 붙임 딱지(스티커)를 이용해 쓰기를 대체하는 경우가 많다. 수학은 연습 문제 풀이 양을 대폭 줄였다. 미술은 아예 완성된 스케치를 주고 색칠만 하게 하거나, 몇 가지 조작과 조립만으로 그럴듯한 작품을 만들 수 있는 키트를 제공한다.

많이 하는데 알맹이가 없고, 기초와 반복 없이 흥미 중심으로만 채운 과제만 즐비하다. 뭔가 하긴 하는데 손만 아픈 노동일 뿐이다. 내일이 되면 잊어버리니 다음으로 나아가지 못한다. 결국 단계가 높아지며 얻는 성취감을 느끼지 못한다. 무언가를 했다는 피로감과 압박은 있는데 "무엇을 배웠는가?" "무엇을 할 수 있는가?"라는 물음에 대답을 하지 못한다. 교사와 부모, 사회와 기성세대에게 이제 그만하라고 말하는 수밖에 없다.

그럼 해결 방법은 무엇일까? 너무 뻔해서 말하기 민망하지만, 스스로 하고 싶다는 '동기'를 부여하는 것 외에는 답이 없는 듯하다. 그러나 이 동기부여에 대한 책임을 학생들에게만 떠넘기는 것은 매우 부적절하다. 이건 교사를 포함한 보호자와 모든 기성세대가 가장 먼저 손을 내밀고 해결해야 할 문제다. 모두 같은 내용으로 공부하고 시험을 봐야 하는 게 지금 학교의 모습이다. 진지한 동기가 비집고 들어갈 여유가 없다. 우리 모두에게 여유와 상상력이 필요하다.

그런데 아이러니하게도 2020년 코로나19 사태로 학교는 그런 상상력을 강제로 실현하게 되었다. 완벽하지는 않지만 학교와 학생, 교사에게 학교란 존재를 돌아볼 여유가 생겼다. 만나지 않고 수업을 해야 하는 상황에서 다양한 기술적 노력과 상상력이 더해졌다. 학교는 이런 경험과 교훈을 통해 피로감 가득한 '왜'와 '꼭'이라는 질문보다 성장과 협력을 위해 '무엇을' '어떻게'를 묻는 공간이 되어야 한다.

결국 '어떤 질문으로 이 문제를 극복할지 몰라서' 가장 본능적인 질문을 한다는 생각도 든다. 위에서 내려오는 어이없는 지시, 도대체 왜 해야 하는지 모르는 업무가 있다. 과제와 업무의 내용이 무엇이고, 어떻게 실행하고 마무리 지어야 하는지 친절하게 알려주지 않아서 생기는 두려움 끝에 깃드는 생각을 '하기 싫다'로 표현하는 건 아닐까. 특히 예스맨의 삶을 오랜 시간 살아온 나는 모르는 것을 묻고, 과정의 어려움을 토로하는 질문을 입 밖으로 꺼내기가 무척 어려웠다. 그저 당시에는 참아 넘기고 뒤에 가서 오만상을 찌푸리는 수밖에 없는 것이다.

교사로서 나는 어땠나. 과제를 그냥 툭툭 던져주기만 하고, 알아서 하겠거니 하는 생각으로 넘어간 적도, 학습하며 들여야 할 기초적인 노력과 시간을 줄이고 가볍게 여긴 적도 있었다. 학생과의 마찰을 피하기 위해 학습 방법과 내용 습득에 꼼수를 쓰거나, 가벼운 흥미로 시간을 때우려 한 적도 있었다. 그런 만큼 충분히 불만 섞인 '왜'와 '꼭'이 나올 수도 있겠다는 생각이 든다. 아이들은 나 같은 어른이 되면 안 되겠지. 그래

우리가 함께 자라는 초등학교

서 이제는 학생에게 "꼭 해야 해요?" "왜 해야 해요?"라는 질문을 들으면 이렇게 해석하려고 노력한다.

'선생님, 어떻게 해야 하는지 모르겠어요. 좀 더 쉽게 할 수 있도록 도와주세요!'

그리고 학생들이 적절한 질문을 할 수 있도록 안내해주려고 한다. 여전히 학생들은 '왜'와 '꼭'의 질문과 뉘앙스를 던진다. 이럴 때는 마음을 가다듬고 학생에게 다가가 조용히 이렇게 말한다.

"지금 원하지 않으면 안 해도 돼요. 하고 싶을 때 하세요. 하지만 언젠가는 해야 해요. 그리고 이런 질문은 선생님을 속상하게 해요. 만일 과제가 어려워서 그렇다면 '어떻게 해야 해요?'라고 물었으면 좋겠고, 지금 할 기분이 아니라면 '천천히 해도 될까요?'라고 이야기했으면 좋겠어요. 선생님이 나름 고민하면서 준비한 것이거든요. 왠지 '그냥 무조건 하기 싫어!'처럼 들릴 때가 있어요. 선생님이 부탁한 것처럼 말해준다면 우리 관계는 더 좋아질 거예요."

세대 차이를 즐깁니다

    학생들은 '옛날이야기' 해주는 것을 좋아한다. 만우절에 TV장 뒤에 숨어 있다가 놀라게 해서 선생님이 병가를 내게 한 일이라든가, 학교에 안 나온 아이를 잡기 위해 담임교사가 특공대를 조직해 하루 종일 친구를 찾아다닌 이야기 등은 매년 학생들에게 하면 빵빵 터지는 에피소드다. 물론 이야기보다 수업 시간에 공부를 하지 않고 옆으로 새는 그 짜릿함이 좋아서일지도 모른다. 시계를 힐끗 보며 "이야기 하나만 더 해주시면 안 돼요?(그럼 수업 시간 딱 끝날 텐데)"라며 수업 듣기 싫으니 이야기나 더 하라는 학생들의 뻔한 속셈에 속아 넘어가기도 한다.

학생들이 옛날이야기를 좋아하는 것은 특유의 스토리텔링 때문이기도 하지만, 지금과는 너무 다른 과거에 대한 생생한 증언이기 때문이다. 이제는 TV장 뒤에 숨을 수도 없고(요즘 초등학교의 TV는 천장에 달려 있다), 교사가 학생을 잡기 위해 다른 학생들을 학교 밖으로 보내 잡아 오게 하는 일은 상상조차 할 수 없다. 내가 다닌 초등학교의 전교생이 2,000명이 넘어 한 학년에 학생이 500명이었다는 이야기를 하고, 학년끼리 줄다리기하는 사진을 보여주면 "저거 뽀샵(합성) 아니야?"라고 할 정도니 말이다. 나와는 너무나 멀리 떨어진 소재이다 보니 신기하게 여기지만, 여기서 동질감이나 유대감을 얻기는 힘들다. 그냥 딱 재미를 위한 스토리텔링 그 이상도 그 이하도 아닌 것이다.

학생들과 유대감을 형성하기 위해서는 과거가 아닌 '지금'의 이야기보따리, 문화 감수성이 필요하다. 이게 부족하면 학생들은 '선생님은 재미없어' '우리를 잘 몰라' '늙었어'라고 생각할지도 모른다. 물론 세대 차이가 나더라도 따뜻한 마음과 포용하는 자세로 학생들을 대하면 언제나 소통할 수 있다. 그럼에도 학생들의 '지금'을 이해하고 공유하는 기회를 얻으면 출발선이 달라진다. 마음을 여는 속도도 달라진다. 그걸 알면서도 어쩔 수 없이 나이가 들며 받아들일 수밖에 없는 것들이

어린이는 언제나 나를 자라게 한다

있다. '나이 차이가 얼만데…'라는 생각이 자꾸만 파고든다. 내가 늙어가고 있다는 사실이 슬프기도 하고 인정하고 싶지 않아 발버둥을 치는 모습도 짠하게 느껴진다.

'학생들과 소통할 수 없을 만큼 멀어지는 것, 기성세대로 낙인찍히는 것.'

교사 생활을 처음 시작했을 때 가장 두려워하던 것이었다. 처음 몇 년은 이런 걱정을 할 필요가 없었다. 그리고 이 걱정은 절대 현실이 되지 않을 것이라 생각했다. 20대와 30대 초반까지 나는 학생들과 지금을 공유했고, 그들을 이해했으며, 어떤 부분에서는 내가 더 많이 앞서 있었다. 그런데 시간이 흐르자 나도 모르는 사이에 조금씩 학생들과 이질감이 생기기 시작했다. 머리를 띵하게 하는 일들이 생긴 것이다.

"슈퍼마리오가 뭐예요?"

너무 유명해서 전 세대가 알 것 같았던 이 게임 캐릭터를 모르는 학생이 있었다. 처음에는 장난으로 모르는 척하는 걸까 생각하기도 했다. 그러나 피겨 황제 김연아 선수가 더 이상 이들에게 특별한 감정으로 다가오지 않는다는 것, 소녀시대를 모르는 학생이 있다는 것을 깨닫고는 허탈한 마음마저 들었다. 모든 게 나에게는 어제 들었고 오늘 만난 이야기 같은데 말이다. 내 모습에서도 변화를 감지한다. 학생들이 내 나이를

우리가 함께 자라는 초등학교

맞히려고 할 때 첫 번째로 나오는 숫자가 예전과 달리 매우 높다는 것과, 학부모가 나보다 어린 경우도 이제는 담담히 받아들이는 중이다.

게다가 대중문화가 변화하는 속도가 빨라지고 갈래도 많아졌다. 학생들이 좋아하는 만화 문화는 웹툰으로 옮겨 갔다. 요즘은 학생마다 선호하는 웹툰이 다르고 취향이 확고해졌다. 지상파 방송의 대표 프로그램 하나만으로 모든 사람의 공감을 얻는 것은 불가능에 가까워졌다. 학생들에게는 저마다 향유하는 예능과 유튜브 채널, SNS가 있다. 모든 학생을 단번에 사로잡는 문화 콘텐츠는 사라졌다.

그리고 사실 이게 가장 큰 문제인데, 학생과의 문화 간극을 좁히기 위한 내 노력과 열정도 점점 사그라지고 있다. 아무리 학생을 이해하기 위해서라지만, 내가 좋아하지도 않는 예능 프로그램이나 웹툰을 볼 만큼 시간을 투자할 수 없었다. 나도 취향이 확고해진 것일까. 이렇게 날로 학생들과 멀어질 수밖에 없다는 걸 인정하면서도, 한편으로는 그러고 싶지 않다는 마음이 생기니 속이 시끄러운 날이 많아졌다. 결국 이렇게 늙어가는 것을 인정하니 자존심이 상하고 자존감이 떨어지는 듯한 느낌도 받는다.

그래서 생존하기 위해 학생들을 통해 그들의 지금을 이해하는 속성 과외를 받는 방법도 써보았다. 학생들을 따라 코인 노래방이나 PC방에 가고, 프로젝트 수업으로 자신이 좋아하는 유튜버, 웹툰을 분석하거나 소개하게 하는 것이다. 학생들은 그저 과제를 하는 것이라고 생각하지만, 나에게도 좋은 배움이 된다. 취향이 다양하다 보니 학생들끼리도 서로의 콘텐츠를 보고 각자의 취향을 배운다는 점도 긍정적이었다. 이런 모습을 보면서 '요즘 아이들은 이렇게 다양한 취향을 가지고 자신을 표현하는구나'라고 생각했다. 이런 시대를 사는 학생들이 무척 부러웠다. 이렇게 자라 사회로 나가면 서로의 취향을 좀 더 존중하고, 대우받기를 당당하게 요구하는 어른이 될 수 있지 않을까?

학교란 공간이 한때는 '배려' '양보'라는 말을 근간으로 한 전체주의를 미덕으로 삼는 곳이던 시절이 있었다. 튀는 행동이나 개인의 취향과 의사는 권장되지 않았다. 눈치껏 행동하고, 다수의 의견에 군말 없이 따르는 모습은 학생이라면 반드시 습득해야 할 생존 기술이었다.

그래서 나는 학생들과 공유할 지금이 줄어들고, 격차가 나서 따라잡기 두려우면서도 "취향이니 존중해주시죠"라는 말을 거리낌 없이 할 수 있는 지금 세대의 모습이 좋다. 가끔 학생들의 지금을 따라잡아보려 노력하는 내가 안쓰러울 때도

우리가 함께 자라는 초등학교

있지만, 이 세대의 내일이 궁금해 지금을 담담히 지켜보기로 했다. 비록 학교에는 여전히 전체주의의 그림자가 남아 있지만, 곧 뼛속부터 자유로운 '예비 교사'들이 현장에 투입될 것이고, 그들에게 배운 학생들의 문화는 더욱 자유로운 모습을 띨 것이다.

세대 차이 고민은 접어두고 모두 각자의 취향이 존중받을 수 있는 교실을 기대하는 것이다. 그때는 너무 올드해졌을 내 취향과 세대 차이도 마음 편히 즐길 수 있을지 모른다.

어린이는 언제나 나를 자라게 한다

나는 잘못하지 않았어

테이블에 둘러앉은 사람들 사이에 흐르는 공기가 무척 무거웠다. 한 사람은 계속 씩씩거리며 얼굴을 붉히고 있었고, 나머지 사람들은 몸을 낮추며 동정과 연민의 표정으로 그의 이야기를 듣고 있었다.

"내가 아이 키우면서 이런 소리까지 들어야 해요? 내가 정말 창피해서 동네를 다닐 수가 없다고요! 이제 어떻게 하실 거예요?"

교장은 "안타까운 일입니다. 그 마음을 이해합니다. 그러니 천천히 다 이야기하십시오"라며 상대방을 달랬다. 나는 그 사이에 끼어 입술을 깨물고 있었다. 가슴이 두근거리고 머리가 핑핑 돌았다. 얼굴이 화끈거리는 걸 느끼며 속으로 계속 되뇌었다.

'나는 잘못하지 않았어. 나는 잘못한 게 없어.'

그렇게 해야 이 상황을 버틸 수 있을 것만 같았다.

어느 날 후배 교사가 걱정이 있다며 나에게 상담을 요청했다. 자신의 반 학생이 자주 늦게 오고, 심지어 결석하는 날도 있는데 가정에 연락하면 안 받는 일이 많고, 연락을 받아도 귀찮아하거나 심드렁해한다는 것이다. 게다가 이런 일이 반복되면서 학부모가 자신을 예민한 사람, 귀찮게 하는 사람 취급하며 신경질적으로 반응하기도 해서 연락하기가 무섭다고 했다. 나에게 찾아온 날도 그 학생은 결석을 했고, 학부모와 연락이 되지 않았다. "며칠이나 결석한 거예요?"라는 물음에 후배는 쭈뼛대며 누적 결석이 10일이 훌쩍 넘었다고 말했다. 후배 교사는 혼자 끙끙 앓고 있었다.

이런 문제는 주변에서 도와주어야 한다. '자기 반도 못 챙기는 교사, 모두 자신의 책임'이라는 굴레와 두려움이 해야 할 일을 못하게 만든다. 게다가 학생 안전이 내 담당 업무이기도 했다. 담임교사의 전화를 일부러 피하나 싶어 내 전화로 학부모에게 연락했지만 받지 않았다.

어린이는 언제나 나를 자라게 한다

"출장 갑시다. 교감 선생님께 보고하고, 저랑 같이 가정방문해요."

가는 동안 여러 상상을 해보았다.

'집에 없으면 어쩌지, 있어도 문제겠다. 갑자기 위협하거나 아이에게 무슨 일이 생기면 어떻게 하지?'

문 앞에 도착해서 벨을 누르고, 학생에게 전화를 하고, 문을 두드렸다. 안에서 인기척이 들린 듯해 학생의 이름도 불렀다. 문이 열리는 것보다 먼저 학생이 전화를 받았다. 학생은 밖에 있었고, 집에는 보호자가 있다는 사실도 확인했다. 담임인 후배는 학생을 집 앞 놀이터로 불러 상황을 확인하기로 하고, 나는 보호자를 맡았다. 담임교사의 계속된 연락에 신경질적으로 반응했다기에 대화를 진행하기 위해 새로운 얼굴을 내밀어보기로 한 것이다. 물론 나도 떨렸다. 계속 벨을 눌렀다. 이렇게 된 거 보호자 얼굴을 꼭 보고 가야겠다고 마음먹었다. 집 앞에서 대기하며 벨을 누른 지 10분 정도 지났을 때, 문이 빼꼼히 열렸다. 보호자였다. "무슨 일이세요?"라고 태연히 묻는 데 기가 찼지만, 최대한 정중하고 확실하게 이야기를 전달하려 노력했다.

"학교 아동보호 안전 규정상 무단결석을 하면 전화 확인을 하고, 안 되면 방문하도록 되어 있습니다. 사정상 학생이 결석을 하게 되면 담임선생님에게 미리 연락을 주시거나 전화를 받아주세요."

생각보다 호의적으로 알겠노라며, 꼭 그렇게 하겠다고 말했다. 번거롭게 해드려 죄송하다는 말까지 하는 게 오히려 찜찜했다. 담임교사에게도 이렇게 했을까? 그날은 그렇게 마무리되었다. 끝까지 이렇게 마무리되었다면 참 좋았을 텐데, 일은 그렇게 쉽게 풀리지 않았다.

그 학생은 며칠간 무난하게 등교했다. 역시 지각은 기본이었다. 그래도 학교에 오는 게 어디냐며 위안 삼았다. 하지만 얼마 가지 않았다. 학생은 또다시 연락도 없이 학교에 오지 않았다. 담임교사와 부장, 교감, 교장에게 보고하고, 매뉴얼대로 하자며 역할을 나누어 할 일을 시작했다. 가정방문을 준비하며 다시 전화를 걸었을 때, 보호자는 전화를 받았다. 나는 안도하며 학생이 결석한 이유를 물었다. 횡설수설하는 보호자에게 나는 조금 더 강한 어조로 말할 수밖에 없었다. 학생과 통화를 하고 싶으니 바꿔달라고 요청했지만, 학생이 지금 병원에 입원해 바꿔줄 수 없다는 이야기만 돌아왔다. 그러면 병원으로 직접 가서 확인하겠다고 했다. 그랬더니 이제 곧 퇴원해서 집에 갈 거라고 말을 바꾸었다. 지금 나하고 뭐 하자는 거지, 싶었다. 물론 여기서 좀 더 참았어야 했을지 모른다.

"협조를 안 해주시면 학교에서는 아동 학대 관련으로 처리해 신고할 수밖에 없습니다."

"뭐? 아동 학대?"

너무 크게 소리를 질러대서 무슨 소리인지 모를 말들이 수화기 너머 들려왔다. 나는 전화를 끊었다. 1시간 정도 지났을까, 교장에게 전화가 왔다. 그 학부모가 찾아왔으니 함께 만나야 할 듯하다는 것이다. 내가 도착했을 땐 테이블에 교장과 교감이 앉아 있었고, 그 학부모가 씩씩대며 말을 토해내고 있었다. 학부모는 나를 바라보지도 않은 채 30여 분간 내가 얼마나 자신을 괴롭혔으며, 자신도 생업이 있고 명예가 있는 사람인데 아동 학대라는 말을 온 동네에 해서 고개를 들고 다닐 수 없다는 말에 기가 막혔다. 말도 안 되는 이야기라며 입을 떼려고 하니, 교감은 책상 밑으로 손을 뻗어 나를 제지했다. 여기는 재판정이 아니었다. 보호자는 민원인으로, 나는 실수한 공무원으로 앉아 있는 것이다. 내가 할 수 있는 일은 묵묵히 부당한 비난을 참아내는 것뿐이었다. 그냥 속으로만 되뇌었다. 나는 잘못하지 않았다고.

"김 선생이 사과를 해야 할 것 같은데…."

교장은 나를 넌지시 보며 눈을 찌푸렸다. 사과하라는 신호였다. 나는 일어서서 고개를 숙이며 발언이 과했음을 인정하고 사과했다. 그 후로도 30분이나 더 이 말 저 말 쏟아내던 보호자는 자리를 떴다. 보호자가 돌아간 뒤 남은 사람들은 그 자리에 한동안 앉아 있었다. 교장과 교감은 매뉴얼대로 잘했다며 고생했다고 나를 토닥였다. 만약 교장, 교감마저 나에게 왜 그렇게까지 했냐고 몰아붙였다면 정말 상처받았을 것이다. 나가는 길에 교장은 한마디를 덧붙였다.

"다음에는 그냥 바로 신고부터 합시다."

세상에는 좋은 부모와 보호자가 훨씬 많다. 그러나 이런 일을 한번 겪고 나면 인간에 대한 신뢰가 바닥을 친다. 간간이 보도되는 끔찍한 뉴스를 보면 지금 얼마나 많은 학생들이 상상조차 할 수 없는 위험에 놓여 있을지 걱정된다. 학교와 교사가 학생들을 조금 오래 관찰하고 옆에 두면 해결될까? 최근 학교에서 교육은 물론 온종일 돌봄도 맡아야 한다는 논의가 한창이다. 학교는 동네마다 있는 꽤 튼튼하고 괜찮은 공간이 맞다. 그리고 학생들이 학교를 중심으로 생활하는 것도 좋다고 생각한다. 당연히 가정이 최고의 쉼터지만, 모든 학생이 그런 공간을 가지고 있는 것은 아니다. 그러니 누군가에게는 꼭 필요한 정책일 수 있다. 그러나 전제가 있다. 보호자가 학생의 교육과 더불어 양육, 돌봄이 온전히 학교와 정부의 책임은 아

어린이는 언제나 나를 자라게 한다

니라는 태도를 가져야 한다는 것이다. 뉴스에서 아동에게 일어나는 폭력과 방임에 대해 보도할 때마다 학교는 무엇을 했냐고 묻는 게 슬프다. 학교가 발견하지 못하는 게 문제가 아니라, 애초에 보호자가 보호자다운 면모를 갖추어야 한다. 오히려 학교와 정부가 모든 책임을 보호자에게서 가져갈 때, 보호자는 아동에 대한 최소한의 책임과 의무에 소홀해도 된다는 마음을 가질지도 모른다. 조금 과장해서 자신이 제대로 돌보지 못해 발생하는 폭력과 방임의 책임을 학교와 정부에 미루며 학대의 정당성을 주장할 수도 있다.

교사는 "선생이 뭔데 간섭이야"와 "교사가 알아서 해줘야지"라는 말을 동시에 들으며 그 어딘가 양발을 걸치고 생존하기 위해 고군분투 중이다. 여전히 그날의 '고개 숙임'을 떠올리면 화가 날 때가 있다. 그렇지만 나는 잘못하지 않았다. 만약 그때로 돌아가더라도 나는 똑같이 행동했을 것이고, 앞으로도 그렇게 할 것이라고 굳게 다짐할 뿐이다.

다가갈수록
다가갈 수 없다

늦은 시간까지 회식이 이어졌다. 일명 '어르신'은 본인이 취하기 전까지 사람들을 놓아주는 법이 없었다. 특히 젊은 교사들은 회식할 때 일찍 가는 것이 죄악처럼 여겨지던 때였다. 많은 직장인들에게 그렇겠지만, 회식은 제2의 업무가 맞다.

자정 가까이 되어 겨우 풀려나 터벅거리며 집으로 향했다. 그때 택시가 천천히 다가오기에 나는 손을 팔랑거리며 세웠다. 그리고 뒷좌석에 던지듯 몸을 넣었다.

"회식하셨나 봐요."

"네, 어르신이 정말정말 끈질기시네요."

택시에서 가끔 기사님들이 말을 걸면 잘 대꾸하지 않는 편

어린이는 언제나 나를 자라게 한다

이다. 그런데 그날은 어딘가에든 '빡침'을 표현하고 싶었던 것 같다. 강한 어조와 표현에 택시 기사가 룸미러로 나를 힐끔 보는 것이 느껴졌다.

"혹시 학교 선생님이세요?"

순간 흠칫하며 많은 생각이 떠올랐다. 선생님들은 학교 외 장소에서 본인이 교사라는 것을 밝히기를 꺼린다. 그 순간부터 성직자의 도덕적 잣대와 공무원 철밥통에 대한 시기를 함께 감당해야 하기 때문이다. 묘한 보수적 태도와 눈길은 정말 부담스럽다. 그렇지만 거짓말을 하는 것도 우습다. 국정원 직원도 아닌데.

"네, 맞아요."

"혹시… 김연민 선생님 아니세요?"

기사는 차를 잠시 세우더니, 뒤를 돌아 나를 봤다. 나도 그를 봤다. 아, ○○ 아버지. 내가 가르쳤던 아이의 아버지였다.

그 아이는 새 학기 첫날부터 의욕이 없었다. 놀이 중에도 뒤로 살짝 빠져 의자에 힘없이 앉아 있었다.

"놀이 같이 안 할래? ○○이가 없으면 짝이 안 맞는데."

"꼭 같이 해야 해요? 하기 싫은데…."

새 학기 첫날부터 '싫다'는 소리를 들어 언짢기는 했다. 그

우리가 함께 자라는 초등학교

렇지만 나도 이미지를 관리해야 하니 어쩔 수 없었다.

"그래? 그럼 재밌어 보이면 들어와. 언제든 끼워줄 테니까."

그날 이후 틈틈이 그 아이에 대한 반 아이들의 신고와 제보가 이어졌다. 어제 집에 들어가지 않았다, PC방에서 몰래 잠을 자다 걸렸다, 학교 놀이터에 밤새 있었다는 등 주로 집에 잘 들어가지 않는다는 이야기였다. 이렇게 잠자리가 불안정한 날은 피곤한지 하루 종일 의욕이 없었다. 이유가 궁금했다. 왜 집에 안 가려고 하는지.

"학교 끝나면 무조건 바로 집에 들어가야 해요. 못 나가게 해요. 형하고 계속 싸우게 되고요. 아빠한테 만날 혼나요."

마치 집에 가면 언제나 싸움과 꾸중이 예약되어 있는 것처럼 말하니 걱정을 안 할 수 없었다. 그리고 가끔 얼굴에 생긴 상처도 불안감을 증폭시켰다. 이럴 때 교사들은 고민이 된다. 당연히 아동 학대가 의심되는 상황. 그렇지만 이대로 신고해도 괜찮을까. 자칫 섣불리 신고했다가 돌아올 보복에 대한 고민도 들었다. 하지만 더 고민되는 것은 '학생의 문제가 제대로 해결되기는 할까'였다. 이런 생각들이 머리를 휘감고 있을 때, 가장 좋은 방법은 문제 당사자를 통해 사실을 확인하는 것이다.

아이의 아버지에게 전화를 걸었다. 길고 긴 대화 후 전화를 끊고 한숨을 쉬었다. 묘한 무기력감을 느낄 수밖에 없었다.

어린이는 언제나 나를 자라게 한다

이혼한 지 얼마 안 되었고, 구직을 준비 중이며 아이들 훈육에 어려움을 느껴 집 안에 두고 혼내는 것 외에는 어쩔 도리가 없는 상황. 이 가족에게 내가 교육은 이런 것이고, 어떻게 해야 한다고 말해도 무슨 의미가 있는지. 그게 지금 그 가족에게 실질적인 도움이 되는지 의문이 들었다. 아이의 사정을 알면 알수록 내가 할 수 있는 게 뭘까 스스로에게 물었고, '별로 없다'는 답을 얻었다.

"심하게 혼내지 마세요. 그리고 귀가 시간을 1시간 정도만 늦춰주세요. 친구들과 놀 수 있게."

이게 전부였다.

그러다 어느 날 사건이 터졌다. 새벽 1시에 전화가 울렸는데 발신자는 아이의 아버지였다. 아직 아이가 집에 들어오지 않았다는 것이다. 그래서 친구 집이나 PC방을 찾아봤는데도 없단다. 짚이는 곳이 있어 경찰에 신고하라고 말씀드린 뒤, 택시를 타고 학교로 갔다. 굳게 잠긴 교문 앞에서 아이 이름을 불렀다. 어둑한 운동장에서 그림자 하나가 천천히 다가왔다. 혹시나 했는데, 정말 학교 운동장 놀이터에 있었다. 반 아이들의 제보 중 '가끔 운동장에서 밤을 보낸다'는 말이 생각난 것이다.

아버지에게 연락해 아이를 찾았다는 이야기를 전하며, 오늘은 그냥 학교에 데리고 있겠다고 했다. 아이와 나는 보건실 침대에 나란히 누웠다. 그리고 좀 더 속 깊은 이야기를 해보려고 노력했다. 아이의 유일한 낙이 만화 《나루토》를 보는 것이라는 사실을 알게 되었다. 아이는 생각보다 마음을 잘 열지 않았다. 하룻밤 같이 지새웠다고 마음의 문을 활짝 여는 건 드라마에서나 나오는 일이다.

다음 날, 아이의 아버지에게 다시 전화를 걸어 이야기를 나누었다. 아버지는 아무래도 자신이 뭔가 잘못하고 있는 것 같다며 아이와 대화를 해보겠다고 했다. 이후, 아이는 전보다는 밝은 표정으로 학교를 다녔다. 외출 시간이 좀 더 자유로워지고, 혼날 일도 거의 없다는 아이 말에 이유를 물어보니 "아빠가 저녁부터 일하시거든요. 그래서 이제 집에 가면 안 계세요"라고 대답했다.

흠, 왠지 그건 그것대로 또 걱정이 되기는 하지만, 더 캐물을 수 없었다. 무슨 일을 하시는 걸까. 그러나 지금 아이가 학교와 집에서 더 나은 기분으로 생활하고 있으니, 그 이상 바라는 건 욕심이다. 이후에 아이는 수학을 잘했고, 농담을 즐겨 하며 여전히 《나루토》 이야기를 했다. 그리고 어느덧 졸업식. 그런 일이 있었음에도 한 번도 보지 못한 형과 아버지가 다가와 어색한 인사를 건넸다. 그렇게 통화를 많이 했는데, 실제로 만

어린이는 언제나 나를 자라게 한다

난 건 처음이었다.

"찾아뵈려고 했는데, 일 때문에 그러기가 어려웠네요. 선생님 덕분에 ○○이가 학교 잘 다닌 것 같습니다."

"아니에요. 전부 아버님이 하신 일입니다."

공치사가 아니다. 정말, 실제로 아이의 변화를 이끈 것은 아버지의 변화한 양육 태도이고, 구직이었다. 생활의 안정이 정서 안정을 가져온다. 아이는 가정에서 안정감을 느끼면 학교에서 자신감을 보인다.

그리고 2년이 지난 지금, 택시에서 아이의 아버지를 만난 것이다. 당시 하루빨리 직업을 가지기 위해 대리운전을 시작했고, 현재에 이르렀다고 했다. 목적지에 도착할 때까지 중학교에 진학한 아이가 어떻게 지내는지 들으며 묘한 감정에 휩싸였다.

학교에서 많은 학생들을 만난다. 일부 학생의 안타까운 사정을 들을 때마다 약간의 무기력감을 느끼고는 한다. 노력은 하지만, 교사인 내가 어디까지 도와줄 수 있는지 고민한다. 혹시 학생의 문제를 해결해주고픈 것이 단순한 도덕적 우월감 때문은 아닌지 걱정될 때도 있다. 그래서 동료 교사들에게 딱 한 걸음만 들어가자고 말한다. 그리고 가정과 사회도 딱 한 걸

음씩 다가가주면 좋겠다는 푸념을 한다. 많은 사람들이 모든 문제를 학교에서 해결할 수 있다고 믿는다. '교육'이 모든 문제의 답이라고 생각하는 것이다. 그러나 그렇게 한쪽만 다가갈수록 오히려 다가갈 수 없다. 교사와 부모가 각자 어떤 한 걸음으로 서로에게 걸어갈지 고민해야 한다. 결국 모두가 다가가려는 건 학생의 '행복'이기 때문이다.

왜 친하게 지내야 해요?

　연필을 '탁' 내려놓았다. 한숨을 푹 내쉬었다. 실제로 내쉰 건 아니다. 그렇게 보이면 안 되기 때문이다. 경청하고 있다고, 열심히 이야기를 정리하고 있다고 느껴졌으면 했다. 그러나 맞은편에 앉은 아이의 이야기가 3년 전으로 거슬러 올라가자 논리적으로 이해하는 것을 포기해야 했다.

　둘은 죽고 못 사는 친구였다. 적어도 3년 전에는 그랬다. 아침에 학교 갈 때도 서로의 집 앞에서 기다리다 같이 지각할 정도였다. 한 해를 그렇게 보내고, 둘은 다른 반으로 배정되었다. 당연히 각자의 반에서 친한 친구들이 생겼을 테고, 함께 있는 시간이 줄었다. 그러나 그건 어쩔 수 없는 일이지 않을까? 그러나 한 친구에게는 어쩔 수 없는 일이 아니었다. 그리고 자신이 평소 싫어해서 같이 험담을 나누던 아이와 자신의 '베프'가 친하게 지내는 모습을 보고는 마음이 무너졌단다. 그때부터 둘은 서로를 헐뜯는 사이가 되었다. 정확히는 자신만의 그룹을 만들어 그 두 명이 속한 그룹과 대립했다. 이건 내가 극히 축약한 줄거리다. '줄어든 함께한 시간' '그럴 수 없는 일' '헐뜯는 사이가 된' 모든 과정의 디테일을 생략했다. 학원, 마트, 집과 학교, 톡과 메신저에서 누가 어깨를 어떻게 치고 지나갔고, 어떻게 째려봤는지, 무슨 톡을 주고받았는지는 기억나지 않는다. 거기서부터는 연필을 놓았기 때문이다. 내가 한숨을 '마음속으로' 내쉰 것은 이 두 친구가 6학년이 되어 우리 반에서 만났고, 기어이 위태로운 신경전을 벌이고 있었기 때문이다.

"음, 이야기는 됐고… 선생님은 이제 화해했으면 좋겠는데? 친하게 지내야지."

"그러고 싶지 않아요. 왜 친하게 지내야 돼요?"

당황스러웠다. 기나긴 경청과 공감 끝에 모두가 평화롭게 지낼 '화해'라는 방법을 제시했는데 단칼에 거절당했기 때문이다. 그러나 포기할 수 없었다. 이번에는 그룹을 모아 그동안의 속상한 마음을 듣고 마음을 풀어보는 자리를 마련했다. 서

어린이는 언제나 나를 자라게 한다

로의 섭섭한 감정을 말하고 몇 명은 훌쩍거리기도 했다. 이제 됐다 싶었다. 그리고 선생님이 이 정도 이야기했으면 둘이 마지못해 사과와 화해의 제스처를 보여줄 거라고 믿었다.

"싫어요, 선생님. 그냥 이렇게 지낼래요."

"저도요. 왜 사과해야 하는지 모르겠어요."

아이들은 단호했다. 오히려 둘을 괴롭히는 게 나인 것처럼 느껴졌다. 화가 났다.

"그래, 그럼 둘이 그렇게 지내. 그런데 만약 다른 친구들 끌어들이면 가만두지 않을 거야. 모두 학교 폭력 처리할 테니까 그렇게 알아!"

호통치고는 집으로 돌려보냈다. 그리고 부모들에게 전화를 했다. 아이들을 화해시키기 위해 도움을 청하려고 했다. 나는 아직 포기하지 않았기에. 그러나 수화기 너머로 들려오는 말은 뜻밖이었다.

"그 애랑 친하게 지내지 않았으면 좋겠어요."

상대 학부모의 반응도 마찬가지였다.

"괜찮으니까 그냥 냅두세요."

그해, 어색한 상황을 참아내야 했다. 그 두 아이와 관련된 다른 친구들은 조금씩 교류하기는 했지만, 모둠 활동과 현장 체험 학습, 수학여행에서도 둘의 어색한 분위기는 여전했다.

우리가 함께 자라는 초등학교

'아이들을 통합으로 이끌지 못한 교사' '무능력한 교사'라는 묘한 죄책감과 학부모에 대한 원망, 돋아난 짜증이 뒤섞인 감정으로 1년을 견뎌내야 했다.

그로부터 많은 시간이 지나 모두가 기피하는 학교 폭력 담당 부장을 맡게 되었다. 아이들은 장난을 친다. 엉뚱하고, 다투기도 한다. 그러나 언제부터인가 그런 일들이 모두 '학교 폭력'이라는 이름으로 교사들에게 무거운 짐을 지웠다. 아주 사소한 장난부터 성폭력에 준하는 심각한 사안까지 겪으면서 억울함을 호소하는 사람과 화가 난 사람, 경찰과 변호사를 만났다. 어떨 때는 해코지를 당하기도 하면서 시간을 보냈다. 아니 견뎠다. 3년이 지난 어느 날, 문득 이런 생각이 들었다.

'내가 언제 또 이렇게 많은 학생들과 상담을 해보겠어? 이렇게 화가 난 사람들과 대화하는 것도 필요한 일이 아닐까?'

이렇게 된 거 제대로 해보자, 학생과 학부모 상담 '경험'을 쌓아보자는 생각이 들었다. 좋은 기회라고 여겼다. 사실, 그렇게라도 생각해야 살 것 같았다. 눈앞에서 벌어지는 일들은 글자 속에만 있지 않았다. 나를 위협하고 힘들게 만들었다. 그러다 문득 한 가지 의문이 들었다. 결국 문제는 학생들과 보호자의 것인데, 왜 내가 제일 힘들어하는 것 같지?

어린이는 언제나 나를 자라게 한다

수년 전, 스스로를 무능력한 교사라고 낙인찍었던 사건을 돌이켜 보았다. 왜 그랬을까? '우리 반은 완벽해야 한다, 나는 완전무결한 교사여야 한다'는 생각이 조급함을 불러 둘의 화해를 강요했던 것은 아닐까? 꼭 친하게 지내는 게 '선'은 아니다. 어른들도 못하는 일이기 때문이다. 어쩌면 적절한 거리를 유지하며 지내던 사이를 억지로 이어 붙이려고 했던 건 아닐까? 더불어 혹시 여기에 내 잘못이 조금이라도 있었다면, 책임을 묻지 않을까 두려웠다. 교사라는 직업을 이어나가는 데 문제가 생기면 안 된다는 생각에 사로잡혔다.

그랬다. 완벽해지고는 싶지만, 책임은 지고 싶지 않은 내가 나 자신을 괴롭혔다. 나뿐만 아니라 학생들까지도. 이제는 그러지 말아야 했다. 학교 폭력을 바라보는 관점을 '해결하려는 교사'가 아닌 학생의 관점에서 보려고 노력했다. 과정에서 실수가 있다면 학생에게도 바로 고개를 숙여 사과했다. 내가 책임질 일은 지겠다는 의지였다. 당장 조치가 필요한 학생에게는 긴급 보호가 필요했지만, 수없이 접한 학교 폭력 문제를 풀어가는 데 필요한 것은 '시간'이었다. 그냥 두고 기다리면 되는 '시간이 약이다'가 아니다. 교사로서의 다급함은 억누르고, 매일 문제 안에서 살아가는 학생의 눈으로 이해해보려는 노력과 의지였다.

우리가 함께 자라는 초등학교

그룹 간의 문제는 언제나 일어나는 일이다. 어떤 날은 우리 반과 다른 반까지 얽혔다. 뒷담화와 거짓 소문을 통해 어지러웠던 그룹 간의 불화가 몇 년 사이 공개적인 SNS 저격과 영상 촬영, 인신공격 문제로 번져 심각해졌다. 피해 학생이라고 주장했던 학생이 조사 과정에서 몇 년 전에는 가해자였고, 예전에 피해를 입은 학생은 오늘 가해 그룹에 끼어 고개를 숙였다. 아이러니하지만 흔한 일이었다.

"선생님이 딱 두 가지만 부탁할게. 매일 선생님하고 아침에 5분만 대화하자. 선생님이 그만하자고 할 때까지."

매일 번갈아가며 두 그룹이 나를 찾아왔고, 대화를 나누었다. 내가 묻는 것은 별것 아니었다. 오늘 아침에는 기분이 어떤지, 무엇을 먹었는지, 상대를 바라보는 자신의 마음은 어떤지. 처음에는 귀찮아하고 형식적으로 답하던 아이들도 끈덕진 시도에 포기했는지, 2주가 넘어가자 은근히 자신의 마음을 내비치기 시작했다. "몰라요"에서 "그냥 그래요"로 마지막에는 "편해졌어요"로 바뀌었다. 상담 중 자기들끼리 화해를 해서 같이 오기도 했다.

다른 하나는 SNS의 대표 사진과 프로필을 모두 '없음' 상태로 두는 것이었다. 일주일만 그렇게 지내달라고 부탁했다. 아이들은 어리둥절해하며 서로의 얼굴을 보았다. SNS 프로필을 '없음'으로 두는 처음 며칠은 힘들었다고 한다. 이 시기 아이들에게 SNS 프로필 사진과 문구는 자신의 감정 그 자체다. 학교에서는 안 보면 그만이지만, SNS는 그러기가 쉽지 않았다. 그러다가 차츰 감정이 가라앉고 자신이 화났던 이유, 친구의 행동을 생각해볼 시간을 가졌다고 한다. 그 사이 나뿐만 아니라 부모들과 대화도 많이 했고, 이윽고 다른 친구와 이 문제로 대화를 해보고 싶다는 생각이 들었다고 한다. 친구와의 관계를 '손절'하겠다고 표현하던 아이들이었다. 말하는 내내 표정도 말도 담담했다.

두 그룹의 친구들은 다시 만났다. 화해하는 자리는 아니었다. 사과를 하고 싶다면 사과를 하면 된다. 자신의 입장과 원하는 바를 말하고, 서로 수용할 수 있는지 확인하는 자리였다. 결정하기 어려워하면 내가 조언하며 도움을 주었다. 나는 판사가 아닌 증인으로 학생들과 함께 있을 뿐이었다. "화해하자"라는 말 대신 "서로를 이해해보자"라는 말이 중심 문장이 되었다.

4년 동안 학교 폭력 담당 부장을 맡으며 느낀 것이 있다면, 학교 폭력은 학교나 교사가 단칼에 예방하거나 해결할 성질의 문제가 아니라는 것이다. 아이들의 감정은 하루에도 몇 번

우리가 함께 자라는 초등학교

씩 달라지고, 예기치 못한 사건을 일으킨다. 문제가 생길 때마다 한 번의 상담과 사과로 해결하려는 교사의 욕심과 자존심이 오히려 문제를 키웠다. 당장 해결된 것처럼 보여도 학생들로 하여금 '상담했으니까' '사과했으니까'처럼 자신이 일으킨 문제를 단순하게 생각하거나 피해자에 대한 미안함 없이 학교와 교사로부터 면죄부를 받았다고 생각하기도 했다. 해결은커녕 더 큰 문제의 불씨가 되는 것이다.

심각한 폭력을 접하고, 그 문제를 일으킨 학생을 만나면 세상에 이렇게 못된 아이가 있을까 싶은 생각이 들기도 한다. 그런데 다음 날, 또 그다음 날 만나보면 그 순간을 참지 못한 어린이, 청소년이 있을 뿐이었다. 그럴 때면 학교 폭력을 해결하는 것보다 중요한 일은 그 뒤에 가려진 인간을 이해하려는 노력임을 다시 한번 깨닫는다. 물론 모든 문제를 이렇게 시간을 들여 해결할 수 없는 게 현실이다. 그러나 아이들은 안다. 지금 앞에 있는 사람이 문제를 해결하고 싶어 안달이 난 건지, 자신을 이해하려 노력하는지 말이다.

> 꿈은 없고요,
> 그냥 놀고 싶어요

　최근 들어 힘들어진 활동이 있다. 꿈과 장래 희망 찾기, 자신의 장점이나 잘하는 점 발표하기로 이루어진 자기 성찰 활동이다.

　"선생님, 전 그냥 모태솔로 백수로 지낼래요."

　"맞아요, 저도 흙수저라 그냥 대학 안 가려고요."

　"저는 잘하는 게 하나도 없어요. 우리 엄마도 인정함요."

　"저는 꿈이 없어요. 그냥 평생 놀고 싶어요."

　몇 년 전까지만 해도 "장래 희망이 있는 사람?" "자신의 꿈에 대해 이야기해볼 사람?"이라고 물으면 비록 허황되고 웃기더라도 저마다 희망과 꿈을 이야기했다. 그러나 시간이 갈수

우리가 함께 자라는 초등학교

록 자신의 꿈이나 장래 희망을 자신 있게 말하는 학생의 수가 눈에 띄게 줄었다. 나만 느끼는 문제가 아니었다. 동료 교사들도 아이들이 장래를 꿈꾸지 않고, 의지가 점점 약해져간다는 점을 걱정했다. 아이들이 몰랐으면 했던, 아니 알아도 최대한 늦게 알았으면 했던 백수의 삶, 모태솔로, 금수저와 흙수저 같은 말을 열 살 남짓한 아이들에게 듣는 것이 서글펐다.

"뭐라도 괜찮으니까, 좀 하겠다고 했으면 좋겠어요."

한 학부모와 나눈 상담에서 외침처럼 토해낸 말이 나에게도 와닿았다. 예전에는 엉뚱한 꿈을 가질까 봐 걱정했는데, 이제는 꿈 자체를 가지지 않는 무기력한 태도가 문제였다. 그렇지만 이게 오롯이 아이들만의 문제일까? 우리가 개인의 삶을 철로 위에 올려놓은 기차처럼 생각한 건 아닐까? 목적지가 분명해야 하고, 정해진 역을 꼭 지나야 하고, 궤도를 벗어나면 탈선이라고 부른다. 특히 멈춰 서 있거나 느리게 가는 기차를 두고 보지 못하는 어른들의 모자란 인내심에 대한 자기 성찰은 없었다. 그래서 나는 기성세대가 요즘 아이들을 어떻게 이해하면 좋을지 시작 지점부터 다시 고민해야 한다고 생각한다.

먼저 학생 개인에 집중해보자. 학생들은 바쁘고 힘들다. 우리는 학생들이 뭐가 바쁘겠냐는 말을 너무 쉽게 한다. 살아보니 공부가 제일 쉽다는 말도 한다. 직장인도 주말에는 쉰다.

그래도 월요일이 싫고, 야근이 싫고, 프로젝트와 과업 달성에 부담을 느낀다. 학생들은 이렇게 묻는다.

"그래도 돈 버니까 좋지 않아요?"

누구나 자신의 짐을 가장 무겁게 느낀다는 걸 이해해야 한다. 학생들에게 학습지를 나누어주면 일상적으로 듣는 말이 있다.

"이거 수행평가예요?"

이런 말에 기분이 상하면서 짠한 느낌도 든다. 매일의 삶이 평가 대상이고, 그 평가를 통해 어느 정도 기준을 갖추어야 비로소 꿈을 꿀 자격이 생긴다. 나를 대입해본다. 나는 언제 처음 교사라는 직업을 꿈꾸었을까? 내가 뭘 좋아하고 잘하는지 몰랐고, 알려준 사람도 없었다. 그저 공부만 잘하면 된다고 했는데, 그것마저 잘되지 않았다. 자연스럽게 꿈은 계속 미뤄졌다. 그리고 우여곡절 끝에 스물한 살이 되어서야 비로소 교사가 되어야겠다고 마음먹었다. 그래서 학생들에게 당당하게 말한다. 지금 꿈을 정하는 건 중요하지 않다고 말이다. 정말로 전혀 걱정할 일이 아니다. 대신, 미래보다 지금의 자신을 더 잘 이해하고 행복하게 만드는 데 집중하자고 한다.

"저도 선생님이 되고 싶은데, 공부 잘해야 되죠? 그래서 전 안 될 거 같아요."

우리가 함께 자라는 초등학교

이렇게 자신은 행복할 자격이 없다고 느끼며 자존감이 낮은 학생은 무엇을 상상하든 그건 안 될 거라며 자포자기한다. 그럴 땐 앞으로 삶이 어떻게 될지 모르나, 지금은 그냥 상상만으로 즐거움을 만끽할 수 있는 유일한 시기라고 다독이고 격려하는 것이 최선이다.

학생들은 미래의 직업과 장래 희망을 꿈꾸기 전에 현실 속 자신을 오롯이 이해하고 격려하는 경험을 쌓아야 한다. 그러지 않으면 자신이 무엇을 좋아하는지, 무엇을 잘하는지, 뽐낼 만큼 충분히 가지고 있는 것이 무엇인지 파악하는 데 어려움을 겪는다. 그래서 꿈은 됐으니 '한 입의 경험'부터 해보자고 이야기한다.

"아이들에게 꿈을 주는 교사가 되고 싶어요. 어떻게 해야 할까요?"

후배 교사들에게 가끔 이런 질문을 받을 때면 '짜장면' 이야기를 꺼낸다. 나에게 짜장면은 가끔 업무가 손에 잡히지 않을 정도로 생각나는 음식이다. 특히 잘 비빈 짜장면을 젓가락으로 한가득 집어 입안에 가득 넣는 그 '첫 한 입'의 맛은 너무 강렬하고 달콤한 행복감을 준다. 그런데 만족감을 주는 건 딱 한 입이다. 이후에는 급격히 입맛이 떨어지며 '짬뽕을 시킬걸

어린이는 언제나 나를 자라게 한다

그랬나?' 하고 생각한다. 하지만 또 얼마간 시간이 흐르면 그 강렬한 첫 한 입을 기대하며 짜장면을 주문한다. 나는 지금 학생들에게 그 짜장면의 '첫 한 입' 같은 성공 경험이 필요하다고 말한다. 성공 경험은 나를 긍정적으로 인식하고, 다음에도 할 수 있다는 의지와 도전 의식을 선사한다. 처음부터 큰 성공을 경험하기는 어렵다. 그래서 일상에서 내가 무엇인가 해냈다고 인정받을 만한, 소소하지만 확실한 작은 성공 경험을 쌓아야 한다. 이것이 누적되면 자존감이 높아지고 이후에 어려움이 닥쳐도 새로운 길을 찾아 버티게 해준다. 그것이 꿈을 꾸는 것보다 중요한 일이다. 대부분 멀리 내다보느라 현재 풍경을 놓친다. 미래보다 지금, 학생 개인의 현재 삶에 오롯이 집중하는 것이 중요하다. 매일 학생을 만나는 교사가 가장 먼저 고민해봐야 할 일이다.

"저는 지각을 한 번도 한 적이 없어요. 근데 이건 누구나 하는 거잖아요."

"저는 친구 이야기를 듣는 걸 좋아하는데, 이것도 장점인가요?"

"저는 낙서를 잘하고 좋아하는데, 이런 건 쓰면 안 되죠?"

요즘 아이들은 아마 역사 이래 가장 많은 칭찬과 격려의 홍수 속에 살고 있을 것이다. 그렇게 무수한 칭찬과 격려를 받는 학생들이 정작 자신의 장점 하나 쓰는 데 이렇게 주저하는 이유는 무엇일까? 혹시 어른들이 정한 '칭찬할 만한 가치'의 기준에 맞았을 때만 칭찬받기 때문은 아닐까? 자신의 장점을 원대한 꿈과 진로, 직업과 연결해서 떠올리다 보면, 자신이 지닌 잠재적 성공의 씨앗과 일상의 소소한 장점을 사회가 정한 기준에 따라 검열하게 된다. 또 어른들의 눈치를 보며 좋아하고 잘하는 걸 말해도 될지 고민한다. 어른들이 좋아할 만한, 사회가 인정할 정도의 꿈이나 장점이어야 비로소 말할 가치가 있다고 믿기 때문이다. 그래서 학생들과 '남들은 장점이라고 생각하지 않을 듯하지만 내가 매일 꾸준히 하고 있는 것, 고마운 것'부터 같이 찾아보기로 했다.

"지각해서 죄송합니다."

"아니에요, 고마워요."

"네?"

"그래도 학교에 왔잖아요. 포기하지 않고. ○○이에게는 포기하지 않는 마음이 있네."

혼날 줄 알았던 아이가 '이상한 장점'을 들으니 당황한다. 지각이라는 실패를 들추는 게 아니라 등교에 '성공'했다고 격려해주고 함께 지내는 일상에서 개인의 '존재'를 고마워하면서 장점은 더 큰 장점으로, 단점은 장점으로 볼 기회를 얻는다. 작

은 것을 장점으로 삼는 관점과 마음은 나 자신에게도 큰 감명
을 준다. 나 또한 교실에서 나오면 그저 격려받고 싶은 평범한
아저씨에 불과하니까 말이다.

교사로 살면서 가장 많은 감정과 정신적, 육체적 고통을 느끼는 때가 언제냐고 묻는다면, 단연 2월이라 대답할 것이다. 2월에는 정말 많은 일이 일어난다. 우선 감정적 피로감이 최고조에 이른다. 학생들과 1년간 나눈 교육과정과 생활을 마무리하는 시기이기에 학생들과 기쁨과 슬픔, 분노와 행복 등 모든 감정을 맛본 상태다. 그만큼 많은 감정 노동을 했다는 것이고, 지치는 것이다. 더군다나 이렇게 고생하며 훌륭하게 키워놓은 '내 새끼' 같은 아이들을 보내야 한다. 이제야 척하면 척, 쿵짝이 맞아 서로 파악하고 이해해 편해졌는데, 한 달 뒤 이 모든 과정을 새로운 학생들과 다시 시작해야 한다는 것도

어린이는 언제나 나를 자라게 한다

무척 허무하고 고통스럽게 느껴진다.

이별이 정해진 사랑이라니, 수분을 모두 빼앗겨 온통 뾰족한 가시만 남은 채 사막에 버려진 선인장이 이런 느낌이 아닐까. 그렇지만 이 직업이 그런 일이다. 어느 정도 성장한 아이들을 보내고, 새로운 경험과 성장이 필요한 학생들을 맞는 일. 그러라고 나에게 월급을 주는 거니까, 빨리 기억에서 지난 학생들을 걷어내야 한다.

그런데 10년이 지나도 적응되지 않는 2월의 고통은 수업 바깥에도 있다. 대부분의 학교가 2월에 대규모 인사이동을 한다. 교사들은 지역에 따라 3~5년마다 학교를 옮겨야 한다. 이 일이 큰 스트레스다. 나는 지금까지 학교를 세 번 옮겼다. 그럴 때마다 낯선 환경에 적응할 수 있을지 두렵고, 예측할 수 없어 불안하다. 교장, 교감은 어떤 사람일까, 동료 교사들은 괜찮을까, 학생들과 학부모에게 환영받을 수 있을까, 급식은 맛있을까.

"걱정하지 마. 잘할 수 있을 거야. 모두 널 좋아하고 적응하도록 도와줄 거야."

전학 가는 학생들에게 입버릇처럼 해주던 말을 누가 나에게도 좀 해주었으면.

만약 2월에 학교를 옮기지 않는다면 남은 교사들은 내년에 어떤 학년과 업무를 맡을지 결정해야 한다. 일반적인 직장에서 자신의 직급에 따라 같은 업무를 몇 년씩 맡아 하는 것과 달리 교사의 행정 업무는 대개 1년마다 바뀐다. 교사들의 인사이동이 주기적으로 이루어지는 데다 다양한 학년을 경험하며 수업하는 것이 원칙이기 때문이다. 당연히 맡고 싶은 업무와 그렇지 않은 업무가 있다. 교사들이 가장 기피하는 업무를 크게 세 가지 꼽으면 학교 폭력(생활지도) 담당, 방과 후와 돌봄 업무, 부장 직책이다. 부장이 좀 의외일 수 있다. 사실 학교에서 부장은 '업무를 가장 많이 하고 힘들지만 머슴이라고 부르면 뭐하니까 부장이라고 불러줄게' 정도의 의미일 뿐이다. 그래서 2월이 되면 교사들은 앞에서 언급한 세 가지를 누가 맡을지 '눈치 게임'을 시작한다. 그리고 경력이 많을수록 선택권이 많아진다. 대한민국에서 '연공서열'이 안 통하는 곳이 있을까. 가장 적은 봉급을 받는 사람이 가장 많은 일을 하는 아이러니를 본다.

"걱정하지 마, 내가 다 도와줄 테니까. 그리고 내년에는 이 업무에서 빼줄 테니까 나만 믿어!"

이제 막 2년 차가 된 나에게 NEIS(교육행정정보시스템) 총괄

어린이는 언제나 나를 자라게 한다

업무가 배정되었다(당시에는 시스템이 개편되어 업무량이 폭증하던 시기여서 기피 업무 중 하나였다). 낯빛이 어두워진 나를 보고, 교감은 다정하게 격려하며 말해주었다. 그 말만 믿고 눈치 없이 여러 번 찾아가 도움을 요청하자 핀잔을 들었다.

"그 정도는 스스로 할 줄 알아야지. 대학 나온 거 아니었어?"

모멸감과 배신감보다도 내가 너무 순진했다는 자책감이 먼저 들었다. 그럼 내년에 업무를 빼준다는 말도 설마….

"아, 그게… 지금 그 업무를 할 사람이 없어서 말이야."

그렇게 모두가 기피하는 '그 업무'를 3년 꽉 채우고 다른 학교로 전근 가며 말했다.

"이 업무, 다른 건 몰라도 저와 비슷한 경력인 교사에게는 절대 시키지 마세요. 진짜 힘들 겁니다."

"내가 그렇게 힘들었어!"라고는 차마 말하지 못하고 소심하게 울분을 토했다. 새 학교로 옮기고 두 달 정도 지난 뒤 낯선 번호로 전화가 왔다. 내가 맡던 업무 담당자인데, 모르는 게 있으면 나한테 물어보라고 했다는 것이다. '완전 상도덕에 어긋나는 거 아닌가'라고 생각했지만, 새로운 담당자에게 화낼 수도 없는 노릇이었다. 전화 통화 후 마음은 더욱 심란해졌다. 나는 그나마 2년 차에 이 업무를 맡았는데, 이번 담당자는 막 발령받은 신규 교사였던 것이다.

학교의 중요한 결정이나 방침도 대부분 2월에 결정된다. 각 부서 회의를 통해 1년 계획을 세우고, 학생과 학부모의 학교생활에 영향을 주는 사안을 결정해야 한다.

"어라, 작년에 진로 캠프 좋았는데, 왜 올해는 안 해요?"

"아, 그거 담당자가 학교 옮겼잖아."

담당자가 학교를 옮긴다고 좋은 기획과 행사가 사라진다고? 묻고 싶었지만 충분히 그럴 수 있는 일이다. 학교는 기억하지 않는다. 사람이 기억할 뿐이다. 기억하는 사람이 떠나면 그렇게 사라지고 만다.

이제야 교사로서 2월이 가장 힘든 이유를 확실히 알 수 있을 것 같다. 난 아직 정리하지 못했는데 학생과의 관계, 업무, 쌓아온 과정을 모두 삭제하고 재설치해야 한다. 그렇게 해야 한단다. 나는 아직 기억하고 있지만 그래야 한단다. 그래서 나도 그 망각에 익숙해지면 좋겠는데, 그게 잘 안 된다. 학교는 기억력이 없다는 사실을 자꾸 잊는다.

> ## 나도 학교 가기 싫어

"엄마, 나 학교 가기 싫어. 선생님도, 학생들도 다 나 싫어 한단 말이야. 학교 가기 싫어."

"그래도 가야지. 네가 교장인데."

이런 학교 유머가 있다. 교사를 하기 전이라면, 혹은 학생 이라면 그냥 "풋" 하고 웃어넘겼을 텐데 교사인 나는 이 문장 하나하나가 공포스럽게 들린다.

"선생님, 방학 언제 해요?"

"아직 4월이야. 벌써 학교 오기 싫어요?"

학생들은 가끔 이렇게 '학교 가기 싫어!' 하는 푸념과 하소 연을 던진다. 그러면 기다렸다는 듯 주변에서 한마디씩 하기

우리가 함께 자라는 초등학교

시작한다. 나는 그러지 말고 한번 본격적으로 이야기해보자며 '학교 가기 싫어서 이런 것도 해봤다'로 이야기의 장을 열었다.

"태풍 불어서 학교 안 가게 해달라고 기도했어요."

"아침에 엄마한테 혼나거나 잔소리 들으면 학교 가기 싫어요."

"조금 아팠는데, 많이 아프다고 해서 학교 안 갔어요."

"와, 착하다. 난 아예 안 아팠는데 아프다고 했음."

수십 년 전 내가 학생일 때 했던 생각을 지금 아이들에게 들으니 놀라웠다. 이야기가 진행되자 "선생님도 학교 가기 싫을 때 있어요?"라고 물어보는 학생이 있었다.

나는 기다렸다는 듯 이렇게 답하고 싶었다.

'내일이 월요일이면 그냥 가기 싫어. 눈떴을 때 이불 안이 너무 좋으면 가기 싫고, 비가 너무 많이 와서 학교 입구부터 바지랑 양말까지 싹 다 젖으면 가기 싫고, 수업 중인데 밀린 업무가 자꾸 생각나거나, 메시지랑 전화로 자료 언제 주냐고 닦달당할 때 가기 싫고, 교장이랑 교감한테 눈총받으면 가기 싫고, 학부모에게 불합리한 민원 들었을 때 가기 싫고, 컨디션이 안 좋아 머리가 아프면 '어, 이거 오늘 조퇴각인가' 생각한 적도 있어. 학생들 중 몇 명이 너무 힘들게 하면 이러려고 선생이 된 건가 싶으면서 학교 가기 싫어. 너네도 방학이 언제인

지 궁금하지? 나도 그래, 날짜 앱으로 카운트하고 있다고.'

학교에 가기 싫은 수많은 순간을 순식간에 떠올리지만, 꾹 참고 입으로는 완전히 다른 말을 한다.

"아니, 선생님은 한 번도 그런 적 없는데요? 오히려 너무 가고 싶어요."

"왜요?"

"그건, 너희가 있으니까!"

학생들은 바로 "거짓말!" "뻥" 하며 "웩" 토하는 시늉과 야유를 보낸다. 솔직히 학교도 직장이나 기타 공동체 생활을 하는 곳과 다르지 않다. 사람이 있고 규율이 있다. 부담스러운 업무나 과제 스트레스, 원하지 않는 인간관계를 하루에도 몇 번씩 겪는다. 더군다나 이상하게 학교는 '사이좋게 지내야 한다는 원칙'이 바탕에 깔려 있어 여기에 스트레스를 받는 교사와 학생이 많다. 가야 하지만, 안 갈 수 있다면 참 좋은 곳. 생계유지나 자아실현, 인간관계 유지를 위해 견뎌내야 하는 곳이다. 그렇지만 교사마저 학교 가기 싫다고 구구절절 이야기하면 학생들은 더욱 절망적으로 느끼지 않을까? 나라도 선의의 거짓말을 해보는 이유다.

서둘러 이야기를 끝내고는 그럼에도 학교에 오고 싶은 이유로 화제를 전환한다. 아이들이 침묵하며 잠시 고민하면 내

우리가 함께 자라는 초등학교

가 먼저 입을 연다. 학교 가기 싫은 적이 없다고 한 건 분명 거짓말이지만, 학교 가고 싶은 이유는 진심이다.

학생들과 함께 있는 풍경, 같이 밥 먹고, 재미있는 이야기도 하고, 놀이도 하면서 웃는 시간과 공간이 좋다. 나를 감동시킨 예쁜 말과 배꼽 잡을 일화는 수없이 많고 '선생님이니까' 하고 무턱대고 믿어주는 것도 좋다. 누군가를 기쁘게 하고, 그렇게 할 수 있다는 믿음이 있는 곳이라 좋다. '그곳의 주인공인 너희 덕분에 학교에 오고 싶다'는 생각이 말이 되어 턱쯤 차올랐을 때, 누군가 타이밍을 빼앗아 툭 하고 대답을 던진다.

"급식이 맛있어요."

이게 첫마디면 조금 당황스럽다. 갑자기 분위기가 급식 평가의 장이 되기 때문이다. 그러기 전에 급하게 수습하며 다시 학교에 오고 싶은 이유로 전환한다. 거의 대부분의 학생들이 '친구들이랑 놀 수 있어서' '체육 시간이 좋아서' '엄마 잔소리를 피할 수 있으니까' 등 학교에 가고 싶은 이유를 내비친다. 그럼 그 이유를 잘 붙잡고, 학교 가고 싶은 마음으로 잘 다독여보자고 이야기하는 게 최선이다. 그러면 스윽 미소가 지어지는 말이 들려온다.

"저는 선생님 때문에 와요. 학교가 재밌어요."

결국 나는 이 말을 듣고 싶었던 걸까? 어쩌면 살살 유도했는지도 모른다. 아부든 진심이든 상관없이 이런 말을 한 번이라도 들으면, 교사로서 학교 가기 싫은 수많은 이유가 머릿속 부끄러움의 방에 모두 꼭꼭 숨는다.

속으로 학교 가기 싫은 수많은 이유를 상상해버린 불량 교사인데, 우리 반 학생 중 누군가는 학교 정문을 지나며 선생님 덕분에 학교 오고 싶다는 생각을 하는구나. 코가 얼얼해졌다. 그때 급식이 맛있어서 학교 온다던 아이가 바로 손을 들고 말을 이어나갔다.

"선생님과 함께 먹는 급식이라 더 맛있다는 뜻입니다!"

사회생활 '만렙' 답변에 아이들도 어이가 없다는 듯 빵 터졌다.

여전히 매일 아침 '학교 가기 싫어'가 입에 붙어 있지만, 이런 기억을 떠올리면 학교 가야 하는 이유가 충분해지는 것 같다.

우리가 함께 자라는 초등학교

우리를 자라게 할 또 다른 이야기 (2)

서예은 (@yenny0291)

병설유치원 근무 시 아기를 가졌을 때 있었던 이야기입니다. 우연히 유치원 아이들이 저의 임신 소식을 알게 되었는데 그 이후부터 매일, 매순간 저의 기분을 물어보고 행복하냐고 물어보았습니다. 당시에는 바쁜 와중에 아이들이 자꾸 물어보니 그저 귀찮고 대충 대답한 적이 많았습니다. 그런데 돌아보니 그 아이들만큼 학교에서 임신한 저를 챙겨주고 위해주었던 사람이 없었다는 생각이 듭니다. 놀잇감 정리를 하지 않는 아이가 있으면 제가 정리하지 않도록 그 아이에게 정리하라고 말해주던 아이, 수업 중 떠드는 아이가 있으면 조용히 하라고 해주던 아이, 제가 바닥에 떨어진 쓰레기를 줍는 게 힘들까봐 하루에도 열댓 개의 쓰레기를 저 대신 주워주었던 아이. 덕분에 임신 기간을 누구보다 행복하게 보낼 수 있었습니다.

"선생님, 행복해요?"

"응, 행복해~ 근데 왜 자꾸 물어보는 걸까?"

"왜냐하면 선생님이 행복해야 배 속에 아기도 똑같이 행복하니까요! 선생님이 행복했으면 좋겠어요."

조인희 (@joinheeee)

3년 차 초등 교사입니다. 나를 성장시킨 어린이들과의 대표적인 일화는 없지만, 저를 성장시킨 건 일상 속에서 다가오는 아이들과의 소중한 추억들입니다.

제 손에 상처가 많은 걸 보고 선생님은 상처가 많다고 걱정해준 아이, 업무에 치여서 표정이 어두운 걸 보고 걱정해준 아이, 화장법이나 헤어스타일이 바뀌면 알아채고 말해주는 아이, 아침, 점심, 하교 때마다 교무실에 와서 말 걸어주는 아이, 제 담당인 과학 시간에 자지 않고 대답도, 발표도 잘하는 아이들, "다음 시간이 과학이라서 행복이다!"라고 말한 아이. 3년간 만난 어린이들과의 기쁨들은 이보다도 훨씬 많습니다. 임용을 준비할 때 선배들이 힘들지만 행복하게 만들어주는 아이들을 보면서 산다고 말했었는데, 그 말이 참 공감되는 요즘입니다. 업무와 교사들 사이에서 이리저리 치이기도 하지만 정말로 사랑스러운 아이들 보면서 하루하루 웃으며 지냅니다.

김재희

유치원 교생 실습 중 7세 반에 들어가게 되었고, 첫 수업으로 우리 몸속 장기에 대한 과학 수업을 하게 되었습니다. 7세의 적절한 수업 시간은 30분 정도인데, 45분이 지나서야 수업을 마칠 수 있었습니다. 수업하는 동안 시간이 그렇게 흘렀는지 몰랐어요. 나중에 담임선생님이 45분은 7세 어린이들한테 긴 시간이라고 말해줘서 40여 분 동안 수업한 것을 알게 되었습니다. 힘들었을 텐데 저를 배려하는 마음을 가지고 앉아 있었던 7살 어린이들에게 정말 고마운 마음이 들었습니다. 그때 저는 어린이에게서 '배려'라는 마음을 배웠습니다.

너무 길었던 수업 시간이 마음에 걸려 점심시간에 그 수업을 들었던 어린이에게 오늘 수업 어땠냐고 물어보았습니다.

"너무너무 재미있어요! 그런데… 선생님이 조금 긴장한 것 같았어요."

또 다시 어린이에게 인해 배려와 타인을 헤아려주는 마음을 배울 수 있었습니다.

역사교사 P

6년 차 고등 교사입니다. 학교 일에 지치고 힘들 때, 초심이 흐려질 때면 늘 떠올리는 순간이 있습니다.

많은 교사가 그렇듯 저 역시 임용을 준비하던 시간이 그리 녹록치는 않았습니다. 공부도 공부지만 힘겨웠던 주변 환경을 견디고 마침내 꿈에 그리던 교사가 되었습니다. 정신없이 교사로 지내던 어느 날, 방과 후 수업을 하고 있는데 아이들의 표정이 너무 좋지 않더군요. 공부에 지친 아이들이 너무 힘겨워하는 것 같아 동기 부여 겸 휴식 겸해서 임용 준비 시절의 이야기를 들려주었습니다. 막대한 공부량과 불안함, 치열한 경쟁 속에서 살았던 시간을 말하면서 저도 모르게 울컥했습니다. 숙연해진 분위기에서 수업 종소리가 울렸고, 교탁에서 정리하고 있던 제게 반 학생이 다가오더니 팔을 벌리며 저를 꽉 안아주었습니다.

"선생님! 그래서 저희를 만나셨잖아요."

힘겨웠던 나날도 결국엔 교사가 되기 위한 노력, 학교에서 아이들을 만나기 위한 노력이었다는 걸 그때 그 학생의 환한 얼굴과 저를 안아주던 힘에서 느꼈습니다. 아직도 눈을 감으면 그 순간이 생생해요. 학생에게 들었던 짧은 말 한마디와 그 안에 담긴 진심이 오늘도 저를 한 걸음 더 나아가게 만듭니다.

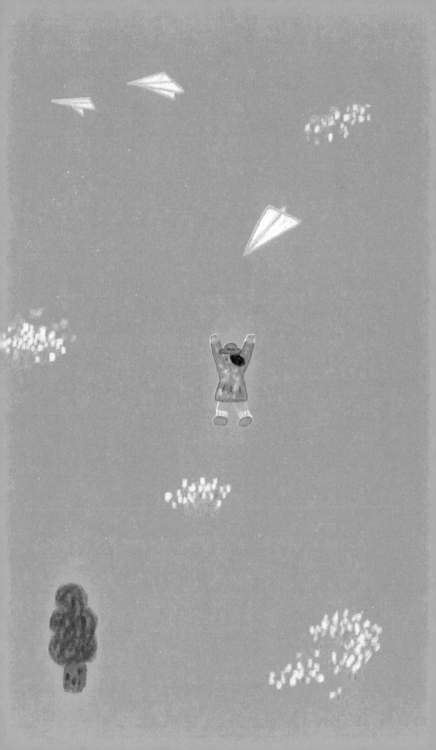

3장

괜찮은 어른이 되겠습니다

처음이라 미안합니다

"왜 (어쩌다) 교사를 하게 되었어요?"

교사라는 직업이 욕도 많이 먹지만, 일반적으로 학생을 돌보고 영향을 주는 직업이기에 존경의 대상이면서 도덕성이 요구되는 직업이라는 점을 부정하는 사람은 없을 것이다. 그래서 교사가 된 사람, 혹은 되려는 사람들은 이런 질문에 익숙해진다. 다른 직업에 비해 묻는 뉘앙스가 조금 다른데, 다른 직업들은 어떤 과정을 거치는지 궁금해하는 반면, 교사는 애초에 왜 이 직업을 선택했는지 묻는 듯한 느낌이다. 직업 선택에 무언가 숭고하고 거룩한 의미와 용기, 의지가 작용해야 한다고 생각하는 듯하다. "교사의 길을 위한 숭고한 희생과 봉사

정신, 그것이 당신에게도 있습니까?"라고 말이다.

교직 관련 논술이나 면접의 단골 질문이기도 해서 학생들과 진로 수업을 할 때나, 입시 준비생들에게도 꼭 한 번씩은 언급하게 되고 동료 교사들과 잡담을 나누던 중에도 서로에게 이런 질문을 하는데, 난처할 때가 많다. 나에게는 상황을 대충 얼버무리기 위한 공식 답변과 솔직한 비공식 답변이 있다. 공식 답변은 '아이들이 좋고, 이 일에 보람을 느낄 수 있을 것 같아서'로 얼버무린다. 그러나 비공식적 내면의 답은 '월급 꼬박꼬박 나오고, 다른 직업에 비해 시간을 여유롭게 쓸 수 있기 때문'이다. 주 5일 근무에 정시 퇴근하고 월 200만 원 vs 주 7일 야근하고 월 2,000만 원의 대결에서 나는 1초의 망설임도 없이 '정시 퇴근 월 200만 원'의 삶을 고를 것이다. 방학 동안 업무와 생활지도에서 잠시 거리를 둘 수 있다는 점도 무척 좋았다. 나에게 시간은 돈으로 매길 수 없는 가치 그 자체였다.

더불어 일의 어려움을 상상했을 때 그래봤자 초등학생 열 살배기들 다루는 일인데, 어려워봤자 얼마나 어렵겠나 생각한 점도 있다. 교생실습 때 그 자신만만함이 처참히 부서지기는 했지만, 그래도 다른 직업에 비하면 훨씬 괜찮은 조건이라는 생각이 들었다. 눈에 보이는 장점만으로 교사를 선택했고, 직업인으로서 교사가 되었다. 그러나 현장에 나가 학생들을 만나는 순간부터 매일, 모든 순간이 나에게 질문을 던졌고, 답을 요구했다. 질문은 하나였다. 어떤 교사가 될 것인가? 예상치 못한 교실 속 일상의 질문이 나를 괴롭히기 시작했다.

"선생님, 젓가락질을 왜 그렇게 하세요?"

어느 날, 점심 식사 중 한 학생이 나에게 물었다. '내 젓가락질이 어때서?' 하고 생각했다. "제가 알려줄까요?"라고 하는 녀석에게 "요즘 시대가 어떤 시댄데, 자유롭게 밥만 잘 먹으면 되는 거지!"라고 말하지 못했다. "어, 나도 쌤처럼 저렇게 하는데" 하면서 김치도 제대로 집지 못하는 학생이 눈에 들어왔기 때문이다. 그저 고치겠노라고 말했다.

한번은 판서를 마치고 뿌듯하게 뒤로 물러나 학생들이 정리를 잘하고 있는지 살펴보고 있었다. 학생 몇 명이 서로 긴박하게 수군거렸다. "이거 '들'이라고 쓴 거야, '를'이라고 쓴 거야?" "나도 몰라 대충 써!" 하는 말이 들렸다. 다시 칠판을 봤다. 칠판에 쓴 내 글씨가 이집트 상형문자처럼 보였다. 그나마도 문장들이 점점 오른쪽으로 솟아 올라가고 있었다. 한마디로 개판이었다.

"자, 여기 10센치 자가 있어요. 이걸 이용해서…."

한 학생이 손을 들었다. 센치가 뭐냐고. 센티미터라고 해야 하는데, 그냥 일반적으로는 센치라고 한다고 대답했다. 그런데 말하면서도 뭔가 잘못되었다는 느낌이 들었다. 잠시 정적이 흘렀다. 다시 내가 잘못 말한 거라고, 센티미터라고 하는 게 맞다고 정정했다.

"선생님, 스포츠에서 팀에 도움이 안 되는 사람이 있으면 빠지는 게 낫지 않아요?"

어떤 학생이 이렇게 묻자 "당연하지, 그런 사람이 있으면 팀에 방해가 되고, 게임에서 질 수도 있으니까 더 잘하는 사람에게 양보해야지"라고 대답했다. 며칠 뒤 피구 경기에서 이 학생이 공 던지기에 실패한 학생에게 이렇게 이야기했다. 공에 손대지 말라고, 그게 우리 팀을 위한 일이니까 알아서 빠지라고, '선생님도' 그렇게 말씀하셨다고. 나는 당황스러웠다. 내가 무슨 짓을 한 거지?

지식을 가르치고 평가하는 것부터 학생들의 크고 작은 문제를 알아채고 해결해주는 것까지 내 말과 행동이 스미지 않는 곳이 없었다. 청소 시간에 청소하는 법을 가르쳐야 하는데, 나도 청소를 제대로 해본 적이 없으니 대충 때운다. 교실은 점점 더러워진다. 바느질 시간에 시침질 보여준답시고 내 손에 시침질을 하질 않나, 목공 시간에 선생님은 뭐든 잘해야 한다는 생각에 긴장한 나머지 톱질을 잘못해서 학생 작품을 망가뜨리기도 했다. 도대체 그동안 난 학교에서 뭘 배운 건가 하는 생각이 들었다. 더 나아가 살면서 뭘 제대로 한 적이 없구나, 하는 생각까지 들었다.

가끔 교실 안으로 큰 벌이나 벌레가 들어오면 무서워 죽겠는데 담담한 표정으로 쿨하게 잡아야 했다. 섣불리 죽였다가는 평소 모든 생명은 소중하다고 이야기했던 게 '뻥'이 될 것 같아 휴지로 잘 감싸 창밖으로 유유자적 날려 보내는 모습을 보여야 했다. 물론 발발거리며 움직이는 것을 온몸으로 느끼며 속으로는 경악과 비명으로 가득했다는 것을 아이들은 모를 것이다.

만약 이 학생들이 하얀 도화지라면 1년 후에는 이 도화지에 '나란 못난 인간'의 모습이 속속들이 그려져 있을 것만 같았다. 이 똘망똘망한 눈망울들이 사실은 내가 어떤 사람인지 비춰주는 거울일지도 모른다는 생각이 들어 무서웠다.

건방을 떨었다. 학생들보다 나이도 많고, 사회 경험이나 지식적 측면에서도 우월하니 내 말은 항상 옳고, 완벽한 판단을 할 것이라고 생각했다. 사실 나도 알고 보면 그저 한 인간일 뿐인데 말이다. 이상하게 왜 교실만 들어가면 나를 완벽한 인간으로 포장하기 급급했던 걸까. 만나는 사람들이 나보다

어린이는 언제나 나를 자라게 한다

조금이라도 아래 있다고 여길 때 느껴지는 우월감이 있다. 이걸 매일 알게 모르게 느끼고, 오랜 시간 경험하면 이 우월감이 공기가 되어 알아차리지도 못한다. 자신이 하는 실수마저 아랫사람들이 배워야 할 덕목쯤으로 생각한다. 그런 모습을 관찰자 시점으로 본다면, 나는 행복해 보이지 않을 것 같았다. 여전히 모자라고 부족한데, 완벽하게 포장하려고 하는 연극과 피로감이 싫었다. 이런 생각이 굳어 권위적인 사람, 즉 '꼰대'가 되지 않을까 걱정되었다.

그래서 교사 경력 5년 차가 되어서야 내가 어떤 교사가 되어야 하는지 고민했다. 남들은 발령 나기 전에 하는 고민을 5년이나 지난 뒤에야 하게 된 것이다. '나는 모르는 게 많고 부족한 것도 많다. 가르치는 사람이 아니라 함께 배우는 사람의 태도를 가져야겠다. 그럼 10년 후에는 조금 더 낫지 않을까?' 하고 스스로를 다독였다.

그로부터 또 10년이 흘렀다. 여전히 잘 모르겠다. 얼마 전까진 안다고 생각했는데 아니었다. 사람을 만나고 다루는 일에 '딱 들어맞는 공식' 같은 건 없었다. 매년 만나는 학생들은 내가 처음 만나는 사람이었고, 반응도 달랐다. 아이들은 늘 생각지 못한 모습을 보여준다. '해봤지만 결과는 알 수 없는' 늘 처음 같은 일이 이 생활의 묘미였다. 학생은 매년 만나지만,

개개인과의 추억과 교감은 늘 처음이니 조금 더 겸손한 마음으로 지내야겠다는 마음이 더 커져갔다. "우리 모두 서로에게 처음입니다. 서로 이해해줍시다"라는 말을 건넬 때는 내 부족함에 대한 미안함도 밑바탕에 깔려 있었다.

이제 젓가락질은 잘할 수 있게 되었다. 판서도 반듯하게 한다. 그런데 여전히 입버릇은 고치기 힘들고, 신조어는 헷갈리며 학생들의 속을 이해하고 보듬는 건 서투르다. 그래서 "선생님도 선생님이 처음이라…"로 시작하는 말을 자주 한다. "너희도 그렇지?"라고 물으며 서로 보듬어주자고 말한다. 그런 마음이 돋아났으면 하는 바람 때문이다.

선생님이 되고 싶어요

　교사들을 위한 SNS, 학교한줄을 운영하고 있다. 처음에는 교사들을 위로하고자 시작했는데, 시간이 가면서 학생과 보호자가 관심을 가지고 응원해주고 있다. 학교와 교사를 더 잘 이해하게 되었다며, 교사가 되고 싶다는 꿈이 생기거나 평소 마음먹은 교직에 대한 꿈을 더욱 확고히 하게 되었다는 감사 인사를 받을 때는 우리 반 학생과 학부모에게 받는 격려 이상의 힘을 얻었다.

　많은 응원 메시지 중 어느 고등학생에게 받은 첫 비공개 메시지가 지금까지 강렬한 기억으로 남아 있다. 자신의 학교에 한 선생님이 있는데, 그 선생님을 너무 좋아해서 매일같이

'덕질'을 하고 있고, 게다가 진로 계획도 바뀌어 교사를 꿈으로 정했다는 것이다.

구구절절한 사연 끝에는 "어떻게 하면 좋은 교사가 될 수 있을까요?"라는 질문이 있었다. 질문을 받고 나도 모르게 거울 앞으로 갔다. 아이돌한테 하는 덕질을 선생님에게 한다고? '아, 나한테는 그런 일이 안 생길 거야'라는 잠깐의 섭섭한 망상을 떨쳐내고 좋은 교사가 되려면 어떻게 해야 하느냐는 질문에 어떤 답변을 해주어야 하나 고민했다.

2008년, 정부는 한때 폐지했던 '일제 고사'를 부활시켰다. 학생들의 학업 성취로 학교를 평가했고, 학교 등수를 전국적으로 공개했다. 학업 성취가 '미달'인 학생이 많으면 안 되었다. 초등학교에서는 있을 수 없는 '0교시'와 '7교시'가 생기고, 부정행위나 학생 점수 조작 등이 발생해도 학교는 눈감아주었다.

또 학업 성취 평가를 위해 시험공부 기간을 따로 두었다. 공부한 것을 평가하는 것이 아니라, 일제 고사를 잘 보기 위한 시험 기간이었다. 기출문제를 문제집으로 엮어 학생들에게 달달 외우게 했다. 교사들은 이게 옳은 일이라고 생각하지 않았다. 하지만 이 교실, 저 교실마다 아이들이 시험지 넘기는

어린이는 언제나 나를 자라게 한다

소리, 선생님이 화내는 목소리가 일상이었다. 교체된 복사기의 토너는 일주일을 채 넘기지 못했다.

이제 막 발령을 받은 나에게 좋은 교사의 모델은 학원 '일타 강사' 같은 것이었다. 수업 원리는 일단 '암기'하면 이해할 수 있는 것이라고 믿었다. 아이들을 기다려줄 시간도, 마음도 없었다. 우리 반에 미달 학생이 있으면 안 되니까. 성취가 미달이 될 것으로 보이는 학생들은 쉬는 시간이나 점심시간에도 내가 짜놓은 학습 프로그램에 참여해야 했다. 당시의 나는 그게 그들의 인생을 바꿀 수 있으리라고 생각했다. "대학에 꼭 가야 되나요?"라는 학생의 질문에 "안 가면 뭐 할 건데?"라고 대답했다.

어느 날 운동장에서 아침 운동을 마치고 교실로 들어가던 중 현관에서 학생들이 서로 다투는 모습을 보았다. 100여 명의 전교생이 교실로 들어가려고 좁은 현관에서 실내화로 갈아 신으려 하다 보니 학생들은 서로 밀고 밀렸다. 그러다 싸움이 난 것이었다. 뜯어말리고 난 뒤, 문 사이를 비집고 들어오는 학생들에게 소리를 질렀다.

"천천히 들어오세요. 밀지 말고, 천천히! 질서를 지켜요."

그때 학생들 뒤를 따라오던 어떤 선생님이 문 쪽을 무심히 바라보더니, 잠겨 있던 문의 걸쇠를 풀고 활짝 열었다. 순간 정체는 풀리고, 모두 천천히 여유 있게 입장하기 시작했다. 순간 머쓱해졌다. 나는 왜 저걸 못 봤을까? 문 하나만 더 열면 되는 거였는데, 왜 학생들에게 질서를 지키라고 소리 질렀을까? 문이 열리니 학생들은 알아서 자연스럽게 질서를 지켰는데 말이다.

그날부터 교사로서 나의 태도와 행동을 돌아보았다. 내 머릿속 CCTV를 돌려 내가 학생들에게 한 말과 태도를 점검했다. 교실 안 물건들과 학교 규칙을 꼼꼼히 살펴보게 되었다. 내가 그렇게도 미워해 마지않던 교사들을 답습하는 건 아닐까? 정부와 교육부의 지침을 방패 삼아 '공무원이니까 어쩔 수 없잖아' 하면서 말이다. 그날부터 학생들을 만나고 그들의 문제 행동을 접할 때 다른 것들을 보게 되었다.

'그 아이는 인성이 문제야, 어쩜 그렇게 행동할 수 있을까?' 대신 '그 아이가 그렇게 행동할 수밖에 없는 이유가 있지 않았을까?'라고 생각했다.

그러자 새로운 세상이 보였다. 내가 만든 보상과 규칙 때문에 능력이 부족한 학생은 다른 학생들의 원망과 질타의 대상이 되었고, 나의 핀잔과 조롱 섞인 유머는 가장 약한 친구를 괴롭히는 용도로 학생들에게 회자되고 있었다. 매일 동생을 데려가고 데려다주며 돌봄까지 맡아 자신의 휴식 시간을 쪼

개야 하는 학생과 매일 다른 학원에 다니며 대학생보다 많은 과제를 해야 하는 학생도 보였다.

"누가 학교에서 수업 시간에 학원 숙제하래? 너 정말 예의 없는 학생이구나."

교사로서 자존심을 건드린 학생을 눈물 쏙 빼게 혼냈다. 쉬는 시간도 모자라 수업 시간에도 숙제를 하지 않으면 안 될 만큼 학원 숙제가 많았다는 사실은 한참 뒤에 알게 되었다. 그 아이가 졸업하기 전날 추억을 나누는 자리에서 나에게 그날은 무척 섭섭했다며 이야기할 때, 내가 지독히도 미워한 학창 시절의 누군가가 떠올랐다. 나는 그 아이의 손을 잡고 진심으로 사과했다.

"정말 미안해. 앞으로 너한테는 언제나 치킨 공짜다."

한 사람을 원망하고 훈계하는 것은 쉬운 일이다. 그러나 그를 그렇게 만든 규칙과 환경에 대해 말하는 것은 어려운 일이고, 바꾸는 데는 많은 시간이 걸린다. 피곤한 일이니, 그저 학생 '한 명'만 복종시키면 될 일이었다. 인간은 존재 자체로 존중받아야 하는데, 학생들은 그렇지 못했다. 시험에 통과하고 입시에 필요한 적절한 스펙을 갖추어야 존중받았다. 선생님 말씀 잘 듣고 규칙에 순응하면 모범생이 되었다.

'그런데 만약 시험과 입시가 적절한 기준이 아니라면? 선생님의 말씀과 규칙이 정당하지 않은 것이라면 어쩌지?'

이런 물음이 떠오를 때마다 정신이 아득해졌다.

이후 인권, 문화 다양성, 성평등, 민주주의가 내 교직의 많은 부분을 차지했다. 교직은 나를 완전히 바꾸어놓았다. 무단 횡단은 당연히 언제나 가능한 것이었고, 먹고 난 플라스틱 컵은 자연스럽게 정류장에 두는 게 습관이었던 사람을 천천히 바꾼 것이다. 문제 행동을 한 학생에게 '네가 노력을 안 해서, 게을러서'라고 윽박지르던 나는 점차 사라져갔다. 학생 앞에 서면 언제나 나의 태도와 언어를 점검했다.

교직 5년 차부터 지금까지 수업 시간이나 쉬는 시간, 밖에서나 SNS상에서도 학생들에게 반말을 하지 않는다. 문제 상황에 놓인 학생을 지적하기보다 위로와 격려를 하고, 함께 문제를 해결할 방법을 찾으려고 했다. 이러한 생각과 실천은 나에게도 자책에만 빠지지 않고, 털고 일어나 해결 방법을 모색하는 힘을 주었다. 교사의 길은 내가 좋은 직업인이 되는 것 이전에 좀 더 나은 사람이 될 수 있도록 해주었다.

교사라는 직업은 개인이 어떤 철학과 의지를 지니고 있는지에 따라 무엇이든 할 수 있거나 아무것도 안 할 수 있는 직업이 된다는 사실도 깨달았다. 즉 누구에게 교사의 길을 묻느 나에 따라 교사는 완전히 다른 직업이 될 수도 있다.

나는 좋은 교사가 되고 싶다는 학생에게 이렇게 답변했다.

"좋은 교사 이전에 괜찮은 사람이 되었으면 좋겠습니다."

교사는 힘든 직업인가요?

아이들은 가끔 뜬금없이 많은 생각을 하게 만드는 질문을 한다. 성인의 그것과는 달리 의도나 바람 없이 정말 순수하게 궁금해서 하는 질문이다 보니, 답변할 때 꽤 신경 쓰인다. 적당히 둘러댈 수가 없기 때문이다.

가령 "여자 친구 있어요?"라고 동료 교사가 묻는다면 '없다고 하면 소개해주려고 그러나? 여자 친구도 없어 보이나?' 같은 상상을 하게 되는데, 초등학생이 묻는다면 정말 있는지 궁금해서 물어본 것이다. 있다고 하면 "아, 그렇구나"에서 끝난다. 없다고 해서 "왜 없어요? 그동안 뭐 했어요?" 같은 질문은 하지 않는다. 이런 비슷한 질문 중 자주 받는 것이 있다.

어린이는 언제나 나를 자라게 한다

"선생님은 저희가 집에 가면 뭐 해요?"

학생들은 수업이 끝나면 학원에 가거나 운동장과 집으로 뿔뿔이 흩어진다. 매일 만나는 교사지만, 방과 후에는 만날 일이 거의 없다. 물론 잘못을 많이 저지른 학생들은 교사들이 방과 후에 뭘 하는지 몸소 깨닫게 되지만 말이다. 수업이 끝나 집에 가는 길에 학교를 한번 돌아보며 "선생님은 우리가 가고 나면 뭘 하실까?" 하고 궁금해하는 모습이 떠올라 이런 질문을 받을 때마다 귀엽다. 다만 어디서부터 어떻게 대답해야 할지 몰라서 "조금 쉬면서 내일 수업 준비하거나 학생들이나 학부모와 상담하지"라고 답한다. 틀린 말은 아니지만, 정답은 아니다. 그렇지만 학생들에게는 그 대답이 최선이다. 그런데 가끔 다른 직종에 종사하는 친구들이나 인터넷 여론 등에서도 이 질문을 만나게 된다. 그럴 때는 썩 기분이 좋지 않다.

"도대체 수업 끝나면 하는 게 뭐냐?"

"뭐가 그렇게 일이 많다고 하는 거냐?"

이런 질문에는 학생들의 질문과 달리, 다른 의도와 바람이 담겨 있다. 그래서 귀엽지 않다. 속이 아프고 뒤틀린다. 심지어 교사들의 가족도 교사는 수업 끝나면 집에 가서 쉴 수 있다고 오해해서 얼마나 좋은 직장이냐며 다른 사람들에게 권유할 정도니, 말 다했다. 교사는 대한민국 어떤 직업보다 많은 사람들이 학창 시절을 통해 오랫동안 겪고 만나고 아는 직업이지만, 실제로 해보면 전혀 다른 세계가 있는 직업이라고 말하고 싶다. 심지어 일부 교사는 자신이 생각한(학창 시절 보고 느낀) 교직과 너무 달라 일종의 취업 사기를 당한 게 아니냐고 울분을 토하는 경우도 있다.

"잡무가 많아 칼퇴하는 일이 드물다."

"방학이 있지만 제대로 쉬지 못한다."

몇몇은 이같이 말하며 힘든 점을 이야기하는데, 이런 답변혹은 항변이 별로 마음에 들지 않는다. 그리고 솔직히 진실성여부도 잘 처줘봐야 50점 정도다. 교직에 10년 넘게 있었고업무 부장도 했지만 매일이 바쁘고 정신없는 것은 아니었다. 이 직업의 최대 장점이 '개인에게 많은 시간을 보장한다는 것'이라는 사실은 부정할 수 없다.

언젠가 학교 폭력 업무가 몰아쳐 서류를 들고 정신없이 바쁘게 복도를 뛰어다닌 적이 있다. 그때 우연히 다른 반 교실을 들여다보게 되었는데, 그 교실 안 선생님은 여유롭게 차를 마시고 있었다. 순간, 내가 있는 복도와 그 선생님의 교실이 마치 다른 중력이 존재하는 별개의 행성처럼 느껴졌다. 나의 공간과 시간만 왜 이렇게 촉박한 걸까. 그리고 왜 학교에서 나만 이렇게 바쁘고 힘들어야 하는지 울컥하는 바람에 한동안 마음이 어지러웠다. 그렇다. 업무가 많을 때도 있고 아닐 때도 있다. 칼퇴하는 날이 있고 아닐 때도 있다. 방학이 '쉼'으로 다가오는 사람과 아닌 사람도 당연히 있는 것이다. 그리고 나는 학교만 이럴 것이라고 생각하지 않는다. 그러니 학교는 이런 일을 해서 바쁘다, 저런 일이 많다고 설명하느니, 사람 사는 곳은 모두 똑같다고 말한다. 그저 저마다의 전장과 전투가 있을 뿐이다.

"그럼 교사를 하면서 뭐가 제일 힘든가요?"

누군가 이렇게 묻는다면 앞에서 이야기했듯 "힘들 때도 있고 아닐 때고 있고. 그런데 그건 대부분의 직업이 그렇지 않나?"라고 말하고 싶지만, 교사라는 직종에 10년 넘게 종사한 주제에 그 정도밖에 이야기하지 못하는 것도 창피한 일이다. 교사만의 특별함이 분명히 존재하는데 말이다. 그래서 교사는 '아프고 어려운' 직업이라고 말한다. 그 점을 교사가 되기 전에는 몰랐고, 알아도 준비할 수 없다는 말도 덧붙인다.

사람을 대하는 직종이 대부분 그렇겠지만, 매일 나와 다른 존재들에게 미세한 상처를 입는다. 교사가 하는 일이 원래 그렇다고 하지만, 가끔 상처 주는 학생들의 말과 행동은 어른들의 그것처럼 날카로울 때가 많다. 오히려 아이라서 그 행위에 대항할 수 없다. 학생의 잘못을 훈계하고 마음을 돌보는 절차와 노력은 많지만, 상처받은 교사에게 관심을 두는 일은 드물다. 경찰처럼 범죄자를 잡으려다 위험에 빠진 것도 아니고, 소방관이 화상을 입는 것처럼 외상을 입는 것도 아니기에 사람들도 그 상처를 어렴풋이 짐작만 할 뿐이다. 교사를 향한 성직자적 관점과 스스로 뒤집어쓴 숭고함으로 이 미세한 상처를 털어놓지도 못하고 혼자 감당해낸다. 겨우 열 몇 살짜리에게 상처받고 쩔쩔대는 어른은 누구도 보기 싫어할 테니 말이다.

그리고 어렵다. 지금 내 눈앞에 있는 수십 명의 학생들과 지내는 일이 참 벅차다. 지금 당장의 감정과 기분이 중요하다고 생각하는 학생들과 나누는 대화는 언제나 평행선을 달리고, 세대 차이는 갈수록 심해져 친해지고 싶어도 도저히 따라갈 수 없는 문화를 형성하고, 따라갈 만하면 보란 듯이 저만치 멀어진다. 그래도 다행히 노력을 들이면 시간이 해결해준다. 내가 그럴듯한 어른이고 교사라면, 학생들도 최소한의 예의를 갖추고 성숙하게 공동체를 이루어준다.

정말 어려운 건 학생들 뒤에 서 있는 보호자라는 이름의 어른들이다. 만약 반 학생이 30명이라면, 30명의 학생은 물론 약 60명의 보호자와 소통해야 한다. 그리고 누구나 공감할 텐데, 말이 통하지 않는 어른들은 정말 답이 없다(학생들은 그나마 성장 가능성이라도 있는데). 그렇기에 그런 상황에서 '끼인 존재'

'무기력하게 남겨진' 학생들을 볼 때마다 어른으로서 미안하고 아프다. 그게 교사라는 직업의 가장 '아픈 점'이며 해결해 줄 수도 없는 '어려운 점'이다.

슬럼프인 줄 알았습니다

발령받은 첫 학교에서 4년 차를 보내던 나는 매우 거만해져 있었다. 어떤 일이든 4년 차쯤 접어들면 묘한 자만심이 생기는 걸까? 여전히 신규 교사였지만, 자신감과 자만심의 애매한 경계에 놓여 있었다. 당시 나는 학교 일을 모두 파악했고, 나름 기여도 하고 있었으며, 학급을 잘 통제하는 데다 학생들과도 잘 지냈기 때문이다(라는 생각을 지금은 매우 부끄럽게 생각한다). 그야말로 교사로서 완전체가 된 듯한 느낌으로 매일을 보내고 있었다. 그러니 매일이 새로울 것이 없었다. 반복하는 1교시와 6교시, 수업을 하고 업무를 보는 공무원의 삶 그대로였으니 말이다.

어느 순간 재미가 없고 뭘 하고 싶은 마음도 들지 않고, 더이상 성장하지 못할 것 같은 생각에 무기력이 찾아왔다. 이번 주에는 아이들과 뭘 하면 좋을까 고민하고, 매달 생일 파티를 위해 케이크를 준비하던 나였는데, 어느 순간부터 '이런 건 해서 뭐 하나' '어차피 애들은 나를 좋아하는데'라는 생각에 심드렁한 하루가 이어졌다. 생활지도에 쩔쩔매는 동료 교사를 보며 깔보듯 안타까워하기도 했으며, 나만큼 하지 못하는데 같은 월급을 받는 게 싫다는 생각도 했다. 아이들이 모두 떠난 후 혼자 남은 교실에서 의자에 몸을 푹 담그고 생각했다.

'이게 말로만 듣던 슬럼프인가?'

최선을 다한 자에게만 찾아온다는 슬럼프를 나도 겪고 있다고 생각하니 기분이 묘했다. 처음 발령받아서 걱정을 껴안고 아등바등하던 내가 더 큰 성장을 기대하며 슬럼프를 걱정하고 있다. 싫지 않은 슬럼프와의 동거가 계속되면서 티가 날 정도의 부작용이 생겼다. 의욕 저하, 냉소, 무기력함, 무표정을 스스로 정당화했다. 가끔 동료 교사에게 예의 없는 말과 행동을 한다는 것을 스스로 알아차릴 때도 '슬럼프니까'라고 포장한 것이다. 그러다 5년 차에 의무적으로 받아야 하는 1급 정교사 연수를 받으면서 내 슬럼프는 끝났다. 정확히 말하면 슬럼프라고 쓰여 있던 창문이 와장창 깨져나갔다. 내가 슬럼프

괜찮은 어른이 되겠습니다

라고 생각했던 것은 '게으름'이었다.

현장에서 연구하고 경험을 체계화한 다른 교사들의 강의를 들으며 내가 완벽하게 하고 있다고 여기던 것들 위에 한 단계가 더 있었고, 이해한다고 믿었던 것이 사실과 경험이 편견과 왜곡으로 점철되어 있다는 것을 깨달았다. 몇 년간의 교직 생활이 마치 무인도에서 혼자 살면서 불을 발명했다고 호들갑 떠는 사람의 일상처럼 느껴졌다. 학생들에게는 성장을 추구해야 한다고 귀에 못이 박히도록 이야기했으면서, 정작 나는 스스로 더 성장할 여지가 없다고 생각한 것이다. 그냥 그 순간이 좋아 끝나지 않기를 원했고, 더 이상 무엇인가를 배우는 게 귀찮았으며, 버는 돈으로 편하게 지내고 싶다는 근본적인 게으름과 귀찮음을 슬럼프라는 단어로 덮어놓았던 것이다. 이렇게 슬럼프와 게으름을 구분하게 되면서 내가 '진짜 슬럼프'라고 느끼는 순간을 정리할 수 있었다.

첫 번째, 슬럼프는 집중하는 무엇인가가 생길 때, 수업도 학생 지도도 무척 잘되고 있을 때 불쑥 찾아온다. 성장하는 경험을 한 '나'와 성장이 멈춘 '나'를 비교하면서 의욕의 정체기를 겪는다. 가장 열정적일 때 슬럼프가 찾아올 확률도 가장 높다는 게 아이러니하다.

어린이는 언제나 나를 자라게 한다

두 번째, 내가 들인 노력보다 시기와 질투가 더 커져버린 것을 느낄 때다. 소위 잘나간다는 교사들을 볼 때, 마음 한구석이 꼬이고 깨지는 듯한 느낌을 받는다. 이건 내 인성의 문제도 있겠지만, 아무리 열심히 해도 다른 이의 눈에는 그저 다 똑같이 보일 뿐이라는 생각이 들 때면 모두 그만두고 싶은 마음이 든다.

마지막은 압박감이었다. 시간이 지나 초심을 잃거나 그 마음이 흐려지면서 내가 무엇을 위해 학생 앞에 서 있는지 동기를 잃어 '좋은 교사'가 되지 못할 것이라는 압박. 늘 모든 문제를 '나'라는 교사 한 명이 오롯이 겪어내야 한다는 거대한 책임의 압박. 지금 내가 잘하고 있는지, 제대로 가고 있는지 물어볼 수도 없고 뚜렷한 답도 없다고 느낄 때 오는 불확실의 압박. 그리고 내가 이걸 정년까지 체력적, 정서적으로 견딜 수 있을지, 학생들에게 인정받을 수 있을지 하는 걱정과 두려움의 압박이었다.

그래서 나름의 해답을 찾으려 노력했다. 첫 번째 '열정'과 관련된 답은 두 가지였다. 끊임없이 새로운 것에 호기심을 가지려고 노력하는 것이다. 기타 연주에 열정을 가지다 식으면 마술로 옮겨 갔고, 그다음에는 책 써보기로 옮겨 갔다. 슬럼프가 생길 틈을 주지 않는 것이다. 다른 답은 열정을 아예 갖지 않는 것이다. 그러면 슬럼프가 올 일이 없다. 그러나 자아실현과 인정의 기회도 사라진다. 다른 교사들이 이 방법은 선택하지 않기를 바란다. 우리가 학생 시절 마뜩잖게 보던 일부 교사들이 이 방법을 선택했기 때문이다.

두 번째, 시기와 질투에 대한 답은 '이기려 하지 말고 보내주자'였다. 특별히 가식된 응원을 보낼 필요도 없다. 나는 나만의 생각으로 인정받으려 노력하는 것이다.

슬럼프는 내 마음을 저 밑바닥까지 내려보내고는 한참 뒤에야 올려보냈다. 결국 슬럼프는 극복하게 된다. 그리고 나를 단단하게 만든다. 나는 언제나 단단해지고 무엇인가를 계속할 수 있는 사람이라는 믿음을 준다. 그리고 그것이 슬럼프의 마지막 원인인 '압박감'을 털어내게 해준다. 다음 슬럼프를 조금 더 유연하게 이겨낼 힘을 기르게 되는 것이다.

교사가 되기 이전과 이후의 슬럼프와 게으름, 그때의 마음과 과정은 학생들에게 풀어낼 좋은 이야깃거리가 된다. 언젠가 무척 힘든 날, 교과서를 덮고 내가 요즘 겪는 게으름과 슬럼프를 토로하기도 했다.

"너희하고 지내는 건 좋은데 수업을 연구하는 게 뭘까,

지루하고 힘들 때가 있어…. 선생님이 20년 후에도 좋은 선생님이 될 수 있을까?"

학생들에게 답변을 기대한 건 아니었다. 이런 말은 가족과도 나눌 수 없어 그저 툭 하고 터져나온 것이다.

기대하지 않았는데, 학생들은 진지하게 들어준다. 공감해주고 위로도 해준다.

"쌤, 걱정하지 마세요. 여전히 좋은 선생님일 거예요."

"괜찮아요. 쌤, 그럴 땐 월급 통장을 보세요!"

사람 사는 것은 다 똑같다.

> 흔들려도 무너지지 않는
> 울타리

"그래서 말인데, 이 아이를 김 선생이 좀 맡아줬으면 좋겠어요."

침이 꼴깍 넘어갔다. 학교에서 '그 아이'를 모르는 교사는 없었다. 분노를 잘 조절하지 못하고 폭력적인 아이. 그 아이의 존재만으로 그 '학년'의 담임이 되는 걸 거부하는 교사가 있을 정도였다. 내가 그 아이를 알게 된 건 그날로부터 몇 개월 전이었다. 그 아이는 수시로 담임교사에게 욕을 하고 주먹을 휘둘렀다. 그런데 몇 개월 전인 그날은 담임교사도 참지 않았다. 손을 대지는 않았지만 소리를 질렀다. 주변 교사들이 담임교사와 아이를 간신히 뜯어내고, 교감이 붙어서 보호자와 몇 번 상담을 했다. 교권 보호와 학교 폭력 사이를 오가는 문제였다. 다행히 보호자는 아이의 상태를 잘 알고 있었기에 담임교사를 탓하지 않았다. 평정심을 찾은 아이와의 상담은 순조로웠다. 간간이 웃기도 하고, 영락없는 초등학생 그 이상도 이하도 아니었다.

그런데 다음 해 학급 배정에서 나에게 그 아이를 맡아주어야겠다는 통보가 온 것이다. 답을 알면서도 왜 그런 결정을 내렸는지 물었다. "남자 교사가 맡으면 좀 더 낫지 않을까" "그래도 문제가 생기면 힘으로 제압할 수 있지 않냐"라는 답을 들었다. 학교 일은 가끔 이렇게 이루어진다. 논리적으로 맞는지 토의하기보다 대충 이렇게 하면 되지 않을까, 하고 땜질하는 것. 나는 교장과 교감을 원망하지 않았다. 그들에게도 뾰족한 수가 없었을 것이라는 이해와 내 나름의 다짐 때문이다.

수년 전, 임용 합격 발표 전날, 달달 떨며 하늘에 기도했다. 붙게 된다면 세 가지는 반드시 지키겠다고 말이다. 교사로서 어디로 발령이 나든지(wherever), 어떤 학생이라도 가리지 않고(whoever), 무엇이든 배워서(whatever) 가르치겠다고 말이다. 나는 이 세 가지 다짐을 줄여서 '3W 맹세'라고 불렀다. 마음속 3W 맹세의 목소리가 나에게 어서 '그 아이'를 기쁘게 맡으라며 다그쳤다.

새 학기를 준비하는 마음이 무척 무거웠다. 만나기도 전에 상대를 알고, 그 상대와 지내는 일이 쉽지 않을 것이라는 사실을 아는 상태로 시작하는 첫 만남은 정말 부담스럽다. 마음을 단단히 먹었다. 전날 밤 그저 눈을 붙이고 있을 뿐인 상태를 유지하다 두어 시간 쪽잠을 자고 학생들을 맞았다. 첫날부터 그 아이는 나를 흔들었다. 하루에 한 번 이상 나에게 '제안'을 해왔다.

"점심시간에 제가 좋아하는 유튜브 채널 영상을 틀어주실 수 있나요?"

"급식 먹는 순서를 거꾸로 하면 안 되나요? (규칙은 1번부터 순서대로였음)"

"체육 시간에 피구 하면 안 되나요?"

그제야 이해가 되었다. 그 아이는 욕구가 많고 규칙과 다른 이를 통제하고 싶어 했다. 당연히 대부분의 제안은 교사가 받아들이거나 이해하기 어려운 것들이었을 것이다. 보통 학생들은 마음속으로만 생각하고 마는 것을 그 아이는 용기 있게 교사에게 다가와 요구했다. 혹시 자신의 욕구와 제안이 대화를 통해 평화적으로 받아들여지는 경험을 못해본 게 아닐까? 그래서 나는 교사가 아닌 협상가의 마음으로 대화를 시작했다.

어린이는 언제나 나를 자라게 한다

"유튜브 채널 중에 반 친구들과 함께 보면 좋을 것들이 있나요?"

"음, 종이접기 채널이 있는데요."

"그거 좋다. 그건 같이 볼 수 있겠어요."

그리고 미술 시간에는 그 학생이 추천한 영상으로 함께 종이접기를 하고, 작품을 전시했다. 들어줄 수 없는 요구는 내쪽에서 먼저 조건을 내걸었다. 놀랍게도 다음 날이면 내 조건을 반영한 제안을 해왔다. 그 아이와의 생활은 순조로웠다. 분노의 원인도 이해했다. '그동안 어른들이 이 아이의 제안과 존재를 너무나 쉽게 거절했구나. 자신의 존재가 제대로 받아들여지는 경험을 하지 못한 아이는 그것을 분노로 표현했구나'라고 말이다.

이런 아이들을 자주 본다. 자신을 둘러싼 어른들이 정말 자신을 사랑하고 지켜줄 수 있는 울타리인지 의심하며 흔들어보는 것이다. 처음에는 잘 버티던 울타리도 계속된 흔들림에 결국 주저앉고 만다. 그러면 아이는 본인이 힘차게 흔들던 행위는 까맣게 잊어버리고 이렇게 생각한다.

'역시 어른들은 똑같아.'

그 아이는 늘 그랬듯 끊임없는 제안과 억지로 나를 흔들었다. 하지만 나는 잘 버텨냈다. 다른 교사들은 못했던 걸 나는 잘해내고 있었다. 솔직히 참교사의 우월감 같은 것도 약간 생겼다. 그날을 맞이하기 전까지는 말이다.

여름을 지나 가을이 왔을 무렵, 선선한 날씨에 운동장으로 나가 학생들과 배드민턴 놀이를 했다. 수업을 마치고 교실로 왔을 때, 그 아이는 배드민턴 채로 한 학생의 머리를 "띠용 띠용"거리며 치고 있었다. 다른 학생들은 그 아이를 두려워했다. 몇 해 동안 그 아이의 행동을 보며 함께 진급했기 때문이다. 웬만해선 건드리지 말자는 분위기가 가득했다. 당하는 아이의 찡그린 표정과 머리를 치고 있는 아이의 천진난만한 모습은 그 자체로 비극적인 풍경이었다.

"배드민턴 채 이리 내놓으세요."

"싫은데요?"

약간의 신경전이 벌어지면서 동물적 감각이 느껴졌다. 날 노려보는 아이의 표정에서 직감했다. 이제부터 우리 둘 중 누군가 하나가 부서져야 한다. 너는 폭주 기관차이고, 나는 울타리다. 친구를 괴롭히는 행동에 이전과 같은 '협상'이 있을 순 없었다. 다시 한번 아이에게 말했다. 채를 내놓으라고. 두 번째로 거절당하자 나는 채를 손으로 잡았다. 순간 아이는 부들대며 악다구니를 했다.

"놔 이 개새×야, 선생이면 다야?"

배드민턴 채를 마구잡이로 휘두르려 했지만 이미 채는 내 손에 잡혀 있었다. 채를 붙잡고 놓지 않으니 아이는 발로 내 정강이를 마구 걷어차기 시작했다. 순간 정말 많은 생각이 들었다. 주위를 둘러보니 아이들은 경악한 표정으로 나와 그 아이를 보고 있었고, 여전히 욕설과 고함이 내 귀를 찌르고 있었다. 걷어차이는 정강이의 고통도 보통이 아니었다. 그렇지만 가장 고통스러운 것은 지금 벌어지는 '문제'에 대한 답을 모르겠다는 것이었다.

'어떻게 해야 할까? 지금 이 순간 내가 뭘 할 수 있지?'

눈을 질끈 감고 그냥 서 있기로 했다. 맞잡은 배드민턴 채를 사이에 두고 그 학생은 분노를 터뜨리고, 나는 그저 담담히 받아들였다. 거짓말같이 그 아이는 10여 분간 지치지 않고 나와 대치하며 소리를 지르고 정강이를 발로 차며 분노했다. 시간이 지날수록 내 머릿속은 확신으로 가득 찼다. 지금은 이게 최선이라고. 그 학생 때문이 아니었다. 지금 이 상황을 보고 있는 수십 명의 학생에게 보여주고 싶었다. 나는 흔들리지 않는 울타리라는 것을, 그리고 분노와 폭력에 같은 방식으로 대응하지 않는다는 것을 말이다.

"놔, 놓으란 말이야, 이 새×야… 흑!"

결국 지쳤는지 서러운 울음이 섞인 목소리와 함께 배드민턴 채를 잡은 손의 힘이 풀렸다. 나가서 이야기하자는 나의 말에 순순히 따라나섰다. 복도로 의자를 내놓고 자리에 앉혔다. 아이는 흐느끼고 있었다. 나는 다시 교실로 들어갔다.

"오늘 여러분이 본 것 때문에 놀랐을 수도 있는데, ○○이에게 오늘 안 좋은 일이 있었을지도 몰라요. 선생님에게 한 행동도 내가 미워서가 아니라, 자신의 화를 견딜 수 없어서 터져 나온 것이라고 생각해줘요. 가끔 화가 날 때 분노를 잘못된 방향으로 쏟아내기도 합니다. 여러분도 비슷한 경험이 있을 거예요."

처음 배드민턴 채로 괴롭힘을 당하던 학생도 걱정이 되었다. 이 상황이 자기 탓인 것처럼 울상을 짓고 있었기 때문이다. 그 학생에게 다음에는 참지 않아도 된다고, 너는 잘못한게 없다고 토닥이고 밖으로 나갔다. 아이는 훌쩍대며 몸을 떨고 있었다.

"아직도 선생님이 ○○이한테 개새×인 거 같아요?"

"아, 아니요…."

"그럼 아직 우리 반 하고 싶어요?"

"…."

아이는 고개를 숙인 채 아무 말도 하지 않았다. 나는 평정심을 찾은 그 아이가 죄책감을 느끼는 건 아닐까 생각했다.

어린이는 언제나 나를 자라게 한다

"나는 여전히 ○○이가 우리 반이었으면 좋겠어요. 그리고 시간이 되면 내 정강이에도 사과해주면 좋겠네요. 너무 아프거든요."

울상을 짓던 얼굴이 갑자기 어이없다는 듯 씨익 웃었다. 마음이 놓였다. 교실로 데려가서는 아무 일도 없었다는 듯 수업을 했다. 방과 후 나는 그 아이에게 정식으로 사과를 받았다. 나는 내 정강이에 든 멍이 사라질 때까지 매일 정강이의 안부를 묻고 사과를 해야 한다고 했다. 아이는 멍이 사라지는 10여 일 동안 그 약속을 지켰다.

그날 이후로도 그 아이는 끊임없이 제안을 하고 가끔은 친구들이나 중학생들에게도 시비를 걸었다. 여전히 화를 냈지만, 한 가지가 달랐다. 주먹을 휘두르지 않았다. 그리고 사과를 했다. 문제가 생기면 나는 옆에 붙어서 자신이 무엇 때문에 화가 났는지 이야기하고 자신의 분노에 대해 사과하도록 도왔다. 그리고 더 나아질 거라고, 전보다 훨씬 나아졌다고 다독였다. 그렇게 시간이 지나 종업식을 한 달 앞두었을 때, 그 아이는 전학을 갔다.

전학 가던 날, 방과 후에 그 아이가 교실로 다시 찾아왔다. 뭘 두고 가서 다시 왔나 싶었는데 내게 검은색 비닐봉지 하나를 건넸다. 피로 회복제 한 병이었다. 그걸 보니 1년을 보상받은 듯한 느낌이 들었다. "내가 그렇게 잘해줬는데, 편지 한 통 정도는 썼어야 하지 않니"라는 나의 말에 그 아이는 그저 씩 웃으며 교실을 나갔다. 그것이 마지막이었다.

어제보다 괜찮은 어른

처음 발령을 받고 맡은 아이들은 3학년이었다. 곧 서른의 눈에 열 살 된 학생들은 학생이라기보다 '아기' 같은 느낌을 강하게 주었다. 돌봐주어야 할 대상으로 생각했다. 2년 차가 되었을 때는 5학년 학생을 가르치게 되었다. 겨우 두 살 차이 인데, 느낌이 달랐다. 그들과 내 취미 일부가 겹치기도 했고, 당시의 문화와 밈(meme)을 공유할 수 있었다. 〈개그콘서트〉를 이야기하며 함께 웃을 수 있었다. 웃음 코드까지 맞으니 어리 지만 동료 의식 비슷한 것을 느낄 수 있었다.

2년 차가 고학년을 맡으니, 주변 선배나 동료 교사들이 걱 정 겸 조언을 해줬다. 초등학생이지만 초등학생다운 행동과

괜찮은 어른이 되겠습니다

사고를 하지 않기에 많은 교사들이 고학년 지도에 어려움을 겪는다. 경력이 많은 교사도 쉽지 않은데, 신규는 마치 물가에 내놓은 어린이처럼 보였을 것이다.

"남자 선생님이니까 뭐 그렇게 힘들지 않을 거야."

"학생들한테 너무 잘해주지 말고."

"첫날 절대 웃지 마. 애들이 우습게 보니까!"

당시 주변에서 해주는 조언을 통해 나는 학교가 바라는 남자 교사의 모습을 어느 정도 알게 되었다. '두려움, 엄숙함, 무거움' 같은 것 말이다. 하지만 나는 본디 그런 인간이 아니다. 아니, 될 수 없다. 아직도 지하철에서 모바일 게임을 하다가 몰입해서 몬스터에게 "죽어! 죽어!"라고 외치는 참을 수 없이 가벼운 존재, 그 자체이기 때문이다.

나는 선배들이 말하는 남자 교사에 대한 고정관념을 깨야겠다고 마음먹었다. 그리고 학생들의 영원한 친구 같은 교사가 되기로 마음'먹었었다'. 여기 '먹'과 '다' 사이에 '었'이 두 개나 들어가 있다는 것은 이 문장이 잊고 싶은 과거형이라는 뜻이다. 그렇다. 지금은 절대 이런 생각을 하지 않는다. 혹시라도 지금 이 생각을 하는 교사가 있다면 이렇게 말하며 말리고 싶다.

어린이는 언제나 나를 자라게 한다

"친구 같은 교사? 될 수 있는데, 될 수 없습니다."

그리고 꼭 학교가 아니더라도 후배 직원과 허물없이 친하게, 친구처럼 지내려는 마음이 있거나, 실행에 옮기려 한다면 당장 그만두라고 말하고 싶다. 그건 만화와 드라마가 만든 판타지일 뿐이라고 말이다.

생태계에서 생물은 생존하기 위해 여러 방법을 사용한다. 공생, 기생, 경쟁, 의태 등 자신이 살아남기 위한 최적의 효율을 찾는다. 그리고 이것은 당연히 인간에게도 적용되고, 교사에게도 적용된다. 많은 학자들이 교직에서 교사가 연차를 거듭하며 어떤 모습을 보이는지 발달 단계를 연구했다. 교사 초기 입문 단계에서 공통적으로 눈에 띄는 낱말이 있는데 바로 '생존'이다.

그런데 많은 5년 차 미만 교사들이 교실에서 생존하기 위한 방법으로 학생들의 '친구'가 되는 것을 선택한다. 그리고 이 선택이 내가 교실에서 고통받은 이유 중 하나가 되었다. 친구처럼 지내고 싶다고 했지만, 나에게 심한 장난을 치거나 과제를 안 해오는 등의 잘못을 하면 언제 그랬냐는 듯 혼을 내고 가르치는 어른이 되어 있었다. 학생들의 문화를 이해하기보다 내가 아는 만화와 드라마 속에 등장하는 '친구 선생님'의 모습으로 다가갔다.

"선생님은 친구라고 했는데, 왜 우리한테 화내세요?"

나는 내가 필요할 때만 친구로, 내가 불리할 때는 교사로 바뀌는 등 입장이 불분명한 태도를 취하고 있었다. 이런 반성이 들자 더욱 잘못된 결정을 내렸다. 교사로서 단호한 태도를 죄악시하게 된 것이다. 진정한 친구가 되기 위해 그들을 이해하고 즐겁게 해주고 배려했고, 그들도 내 행동을 이해하고 내가 하는 대로 똑같이 나를 대해주기를 바랐다. 하지만 교실은 엉망이 되어갔다. 학급의 분쟁을 조정하지 못했고, 학생의 잘못된 습관에 대해 말하기 어려웠다.

가장 큰 문제는 그 점을 학생들이 눈치채고 적극적으로 활용했다는 것이다. 내가 교사로서 권리를 포기했음에도 그들은 나를 '친구 같은 교사'라고 생각하지 않았다. 오랜 시간이 흐른 지금 단언할 수 있다. 학생들은 내가 '친구'가 되기를 기대하지도 원하지도 않는다. 내가 교사라는 자리에 있는 한 말이다.

지금 학생들에게 필요한 것은 진짜 '어른'이다. 내가 '별다줄', '꾸안꾸' 같은 낱말을 안다고 해도, 혹은 같은 유튜버 채널을 구독한다고 해도 그들의 친구가 될 수 없다. 그러나 내가 왜 아이들의 친구가 되려는지 그 마음만큼은 잘 알고 있다. 민주적인 학급 분위기 속에서 아이들이 언제든 나에게 이

어린이는 언제나 나를 자라게 한다

야기할 수 있었으면 하고, 멋진 교사로 인정받고 생존하고 싶은 마음 말이다. 그리고 기존 교사와는 다른 교사가 되고 싶다는 마음도 말이다.

그렇지만 생각해보면 이건 나의 욕심일 뿐이다. 학생들은 대부분의 시간을 학교에서 보낸다. 보호자가 맞벌이를 한다면 하루 중 가장 자주 만나는 성인은 '교사'일 확률이 매우 높다. 인간은 사회적 기술과 도덕성을 배우기 위해 모방 단계를 거쳐야 한다. 이것은 또래에게 배울 수 있는 것과는 차원이 다른 문제다. 예전에는 이 부분을 부모님과의 관계를 통해 배웠지만 최근에는 그것이 현실적으로 어려워졌다. 학생들이 '성인에게서 배울 수 있는 역량을 가르쳐줄 사회적 영향력을 지닌 사람'은 교사일 수밖에 없다. 교실에서 '진짜 어른인 교사'가 필요한 이유다.

교사는 학생에게 가장 완성된 모습으로서 어른의 모습과 행동을 보여주어야 한다는 사실을 깨달았다. 어떤 모습을 보여주어야 할까? 나는 예수나 부처 같은 완전무결한 모습을 보여줄 수 없다. 그래서 두 가지 원칙을 확실하게 세우기로 했다.

학생들의 문화를 끊임없이 이해하고 존중하는 '어른'이 되겠다.

내가 말한 것과 함께 하자고 한 것을 지키는 '일관성 있는 어른'이 되겠다.

학생이라면 '우리 문화를 이해하는 일관성 있는 어른'과 '우리 문화도 모르면서 자꾸 끼어드는 다중 인격 친구' 중 어떤 것을 선택하고 싶을까? 예전에는 교사로서 목표가 무엇이냐는 질문에 멋진 교사가 되는 것이라고 답했다. 그러나 지금 누군가가 묻는다면 '교사'는 빼고 '어제보다 괜찮은 어른'이라고 말할 것이다.

질문이 잘못되었습니다

　매주 월요일 아침, 교실 분위기는 가라앉고 우울함으로 가득하다. 이렇게 분위기가 가라앉을 때는 장난꾸러기 학생, 말 많은 학생이 친구들과 수다를 떨어주는 게 고마울 정도인데, 그 친구들마저 의욕을 잃는 순간이 바로 월요일 아침이다.

　"주말 잘 보냈어요?"

　나의 상투적인 질문에 상투적으로라도 "네"라고 해주는 학생이 적다. 대부분 흐물거리는 목소리로 "아~니요"라고 대답하는 학생들을 보며 말문이 막히는 게 일상이다. 주말이 어땠길래 이렇게 다들 비 맞은 빨래처럼 늘어져 있는지 물어보면 그제야 '하소연 창구'가 열렸다는 신호를 감지한 아이들이 여기저기서 불만을 터뜨린다.

"게임 많이 해서 스마트폰 압수당했어요."

"주말에 계속 이거 해라 저거 해라 하니까 짜증 나요."

"차라리 학교 오는 게 나을 것 같아요."

물론 마지막 발언에 아이들은 "님, 그건 아닌 듯?"이라는 반응을 보였지만. 학교에 있는 동안 듣지 않던 잔소리와 각종 주의를 주말에 몰아치듯 경험하는 아이들이 많은 건 사실이었다. "청소도 제때 하고, 일찍 일어나서 숙제하고, 게임도 조금만 하면 되잖아?"라고 이야기할 때도 있다. 그런데 말하면서도 속으로 찔리는 구석이 많다. 나도 주말에는 그러고 싶지 않기 때문이다.

아이들은 집에 있는 동안 계속 자신의 행동을 점검받는다. 부모도 양육의 책임이 있으니 자녀의 삶이 제대로 돌아가도록 '점검과 확인'을 할 수밖에 없다. 여기서 아이들은 점점 불만이 쌓인다. 아이들은 보호자의 장대한 미래 설계와 연륜에서 우러나온 지혜 같은 건 잘 모른다. 그건 어른들의 세계니까. 그걸 이해하고 눈치껏 행동하는 아이가 있다면 교사들은 그 아이를 오히려 걱정하고 안타깝게 여길 정도다. 대부분의 아이들은 그저 끊임없이 감시와 통제를 당한다고 느낄 뿐이다. 그러다 보니 가장 많이 들은 상담 주제가 '아이가 어느 순

어린이는 언제나 나를 자라게 한다

간부터 부모와 대화를 안 하려고 한다'는 것이다.

사춘기로 인한 감정의 기복이나 또래 문화 심취, 질풍노도의 시기 등 다양한 이유를 들 수 있지만 이런 고민을 하는 부모에게 이렇게 질문하곤 한다.

"아이가 집에 오면 가장 먼저 하는 말이 무엇인가요?"

대부분 "학교 잘 다녀왔니" "급식은 맛있었니" "친구들과 잘 지냈니" 같은 질문을 한다고 한다. 이 질문들의 공통점은 모두 "네"라고 대답할 수밖에 없다는 것이다. "아니요"라고 말하는 순간, 부모가 걱정하고 본격적인 상담을 시작해야 하기 때문이다.

보호자는 대화를 위한 질문을 한 게 아니라 아이의 학교생활을 '체크리스트'로 점검했을 뿐이다. 이런 질문과 대답이 수년간 오가면 학습이 된다. 아이들은 대충 둘러대거나 짧게 대답하고 자기 방으로 들어간다. 학교에서의 삶과 급식의 맛, 친구들과의 관계는 자신을 더 잘 이해하고 관심을 가져주는 친구들과 나눈다.

어느 미술 시간, 친구가 만든 작품을 망가뜨린 아이가 있었다. 아이는 상담(이지만 느끼기에는 '꾸중'이었을 것이다)하기 위해 내 앞에 섰다. 교사로서 평정심을 유지하기 어려울 때가 있다. 갑작스레 친구를 때리거나 물건을 부수거나 하는 아이에게 이유를 물었는데, 아무런 동기가 없을 때다.

"왜 그랬어? 도대체 왜 그랬냐고?"

그냥 재미로, 혹은 심심해서 그랬다는 말이나 표정을 보면 화가 치밀어 올랐다. 본인도 왜 그랬는지 설명을 못하는 경우도 있는데, 이럴 때는 답답함까지 더해져 화가 폭발하기 일쑤였다. 나중에는 오랜 경험으로 이런 질문은 해봤자 소용이 없다는 것을 깨달았다. 그래서 나는 흥분을 가라앉히고 다른 질문을 했다.

"오늘 아침에 무슨 일 있었어요?"

등교가 아니라면 아침, 수업 시간 등 하루를 지내며 어떤 일이 있었는지 차근히 짚어갔다. 그리고 친구의 미술 작품을 망치기까지 어떤 사건과 감정을 겪었는지 같이 나누려고 했다. 아침부터 미술 준비물을 제대로 챙기지 못해 부모님께 혼났다는 아이는 친구에게 도구 하나를 빌리려고 했지만 빌려주지 않았고, 오히려 다른 친구에게는 빌려주는 모습을 보고화가 나 작품을 망가뜨렸다는 것이다.

만약 첫 질문부터 "왜 그랬냐"고 물었다면 부모에게 느낀 속상한 감정에서 시작된 일련의 사건을 차근히 정리해서 말하지 않았을 것이다. 그런 어린이는 없다. 머릿속으로는 감정과 사건을 뒤죽박죽 떠올리겠지만, 그냥 입을 굳게 다물고 이 순간이 지나가기를 바라는 것이다.

아이는 대화 과정에서 눈물을 보였다. 작품이 망가져 화가 나 있던 친구도 머쓱해했다. 작품이 망가진 건 속상하겠지만, 이 친구의 마음도 이해할 수 있겠냐는 질문에 고개를 끄덕였다. 망가진 작품은 되돌릴 수 없다. 그러나 진실한 사과와 용서는 남았다. 나는 교사로서 그 학생의 감정과 삶을 이해하려고 노력해야 했다. 왠지 짠했다.

'화낼 일이 아니라 도와줘야 할 일이네.'

질문의 힘을 깨달은 순간이었다.

다시 '대화의 단절'을 고민하는 학부모 이야기로 돌아와서 생각해보자. 아이의 일상을 체크리스트 점검이 아닌 속 깊은 대화로 이끌려면 어떻게 해야 할까? 답은 간단하다. 일상을 물을 때 진짜 관심을 가지고 묻고 있으며, 너의 대답이 나에게 가치 있다는 신호를 보내면 된다. "학교 잘 다녀왔니?"보다는 "오늘은 선생님이 무슨 이야기를 해줬니?" "어떤 과목이 기억에 남아? 재밌었어?"라는 질문이 더 좋다. 급식이 어땠냐고 묻기 전에 미리 메뉴를 기억하고 "오늘 돈가스는 어땠어?"라고 묻는 것이 좋다. 교우 관계가 궁금하면, 친한 친구 이름과 성향 정도는 기억하고 묻는 것이 대화를 이어나가는 힘이 된다. 마음은 그렇게 열어야 한다.

요즘은 월요일 아침이 되면 아무도 묻지 않지만, 내가 지난 주말에 겪은 일을 들려준다. 경험한 것과 감정을 들려주며 혹시 나와 같은 감정을 느낀 사람은 없었는지 묻는다.

"쌤, 떡볶이 좋아하세요? 그럼 ××떡볶이 먹어보셨어요?"

내 대답도 듣기 전에 학생들끼리 서로 토론하며 난리가 난다. 그다음 주가 되면 우리는 지난주에 서로 추천해준 음식 이야기를 누가 먼저랄 것도 없이 꺼내며 시끌벅적하게 하루를 시작한다. 우리는 언제나 대화할 준비가 되어 있다. 질문만 제대로 한다면 말이다.

> 누구보다
> 어린이에 가까운 마음

"김연민 선생님 아니세요?"

마트에서 장을 보다가 우연히 마주친 사람이 이 말을 하면 순식간에 많은 생각이 오간다.

'날 선생님이라고 부르는 걸 보니 학부모인가 보다. 그런데 어느 학생의 학부모지? 그 학생과 학부모랑 관계는 어땠지?'

머릿속 스캔 작업이 끝나면 바로 사람 좋은 웃음과 함께 인사를 나누지만 딱 봐도 '나는 당신을 잘 모르겠어요'라는 어색한 표정이 드러난다. 대부분의 학부모는 교사가 자신을 알아보지 못한다는 사실을 약간은 섭섭해하면서도 이해해준다.

"○○이 엄마예요. 잘 지내셨죠?"

아이 이름을 말하는 순간, 부모의 얼굴에 학생이 겹친다. 그제야 "아, ○○이 어머니셨군요" 하며 거리감이 느껴지지 않을 만한 표정과 톤으로 대화를 나누게 된다. 그리고 카트를 세우고 대형 마트 한편에서 잠시 이야기를 나눈다. 몇 해 전 졸업한 학생의 부모였다. 학부모는 아이가 선생님을 만난 게 너무 큰 행운이었다고, 지금 진학한 중학교에도 잘 적응한다고 말해주었다. 인사치레라는 걸 알면서도 이런 칭찬은 언제 들어도 좋다. 게다가 학생도 내게 조금이나마 긍정적인 영향을 받아 중학교에서도 잘 지내고 있다는 점도 안도감을 안겨준다. 항상 좋은 일만 있는 것도 아닌데, 좋은 일만 추억해주는 게 얼마나 다행인지.

"에휴, 그런데 걱정이 많아요. 그리고 선생님께도 왠지 죄송한 마음이 들고요."

갑자기 마트 안이 상담소가 되었다. 이렇게 붙잡히면 뿌리치기 쉽지 않다. 게다가 호기심도 생겼다. 내가 기억하는 그 아이는 부모를 걱정시킬 타입이 아니었다. 우직하고 끈기와 인내심이 있는 아이였다. 학습 태도가 좋고 성취도도 높았다. 사춘기가 온 걸까? 그리고 나한테 죄송할 건 또 뭐지?

학부모의 속 타는 이야기의 내용은 이러했다. 중학교 1학년까지 스스로 공부를 곧잘 하던 아이는 2학년이 되면서 성적

어린이는 언제나 나를 자라게 한다

이 주춤했다. 그래서 아이의 학원을 늘려야겠다고 생각했단다. 그러나 자녀는 스스로 잘할 수 있다며 부모를 설득(혹은 반발)했다. 결국 학원에 억지로 보내고 나서 아이와 대립이 심해졌고, 대화도 뜸해졌다. 게다가 그렇게 보낸 학원에서 제대로 공부하지 않는 것 같다며 속상해하는 학부모의 모습을 보니 나도 가슴이 답답해졌다. 나도 모르게 "아이고…"라는 탄식이 나왔다. "부모 입장에서 너무 걱정되는 건 어쩔 수 없어요"라고 말하는 진지한 눈빛에 내가 뭐라고 대꾸할 틈도 없었다.

"어떻게 하면 좋을까요, 선생님."

오죽하면 마트에서 우연히 만난 몇 년 전 초등학교 담임교사를 붙잡고 하소연을 할까. 그러나 교직 생활을 하며 처음 겪은 상담 사례도 아니어서 이런 상황에 늘 들려주는 이야기가 있다.

나는 학생과 고작 1년을 보냈을 뿐이다. 그리고 학생의 미래를 책임질 수 없다. 모든 책임과 권한은 보호자에게 있다. 그러니 나는 보호자의 결정을 지지한다. 그러나 그 결정을 내리는 과정은 당사자인 학생에게 무척 중요하다. 가장 친근하고 가까운 사람에게 믿음을 잃을 수도 있기 때문이다. 그래서 나는 이 상황을 '황금 거위'에 비유한다.

초등학교 1~4학년 학생들은 대부분 부모의 지시에 잘 따르는 편이다. 그래서 많은 사교육이나 활동에도 힘든 것을 내색하지 않고, 부모나 교사를 행복하게 해준다는 기쁨으로 이겨낸다. 그러나 시간이 지나 '자아'가 깨어나면 지금까지 하고 있는 것들이 과연 자신을 행복하게 만들고 있는지 자각하게 된다. 능동적으로 '살고' 있나, 누군가를 위해 '살아주고' 있나.

"학교에 가고 있니? 아니면 가주고 있니?"

제법 성장한 자녀나 조카, 주변의 학생에게 이 질문을 던져보자. 순간 멈칫하고 생각에 빠져 대답하는 모습을 볼 수 있을 것이다. 일부 어른들은 학생들이 어떤 상황이나 감정으로 살아가는지에 관심을 가지기보다 얼마나 더 잘 이겨내고 더 해낼 수 있는지에 관심을 가진다.

그러면 천천히, 그리고 믿음을 가지고 지켜봐주면 끊임없이 자신의 성장을 보여줄 학생들의 '황금알 같은 의지와 힘'이 일찍 소진된다. 만약 개척의 의지와 리더십을 타고난 아이라면 계속되는 압력을 이겨내고 성장하겠지만 그건 소수일 뿐이다. 그런 아이를 만나면 부모에게 "부모님은 정말 행운인 거예요."라고 분명히 말해준다. 대부분의 학생들은 스스로 결정하고 의지를 가지고 실천하는 데 많은 시간이 걸리고, 도움이 필요하다. 여기서 표현하는 도움도 행위의 도움이라기보다 지켜봐주고 격려해주는 심리적 도움이다. 그러니 만약 이 거

어린이는 언제나 나를 자라게 한다

위가 황금알을 낳는 것을 오랫동안 보고 싶다면 기다림에 익숙해져야 한다. 모든 지원의 초점을 이 '심리적 도움'에 맞추어야 한다고 열변한다.

이쯤 이야기하고 부모들의 얼굴을 살핀다. 몇몇 부모는 내 말을 듣고 "좋은 말인데, 대한민국에서 그게 되겠어요. 자녀를 안 키우니 할 수 있는 말이죠"라고 내 사생활까지 언급하며 지적하기도 한다. 그 말에 나는 웃으면서 이렇게 말한다.

"자녀가 없어서 그런지, 부모보다 학생 입장을 더 잘 이해할 수 있게 되네요."

확실히 이야기할 수 있는 것은 누군가는 학생 입장에서 말해야 한다는 것이다. 많은 입시 전문가나 방송, 책 등에서 태교부터 명문대 보내기 프로젝트를 해야 한다고 입을 모으지만, 그들이 말하는 바와는 다른 관점에서 학생을 대변할 사람이 있어야 한다고 생각한다. 그게 교사였으면 좋겠다. 결국 선택은 보호자의 몫이다.

거위의 배를 갈랐다면 최선의 방법은 그 상처가 아물기를 기다리는 것뿐이다. 그 시간 동안 부모로서 걱정과 미안함을 솔직히 이야기하고, 자녀의 이야기를 끊임없이 듣고 격려하며 신뢰의 과정을 가져야 한다. 견뎌내야 한다.

괜찮은 어른이 되겠습니다

마트의 1+1 가판대 앞에서 30여 분간 이어진 대화의 막바지에 진심으로 아이를 도와주고 싶고, 나중에 통화하고 싶으니 꼭 연락해달라고 했다. 학부모도 이번에는 꼭 선생님이 한 말씀을 가슴에 담고 실천해보겠다고 다짐하며 인사를 나누고 각자의 길로 갔다. 그로부터 많은 시간이 흘렀지만 연락은 오지 않았다.

자녀의 미래에 대한 두려움과 걱정은 쉽게 사라지는 것이 아님을 안다. 그럼에도 기다림과 관계에 대한 내 주장만큼은 그 보호자 마음에 남아 자녀와의 관계에 조금은 긍정적 변화를 주지 않을까 희망해본다.

어린이는 언제나 나를 자라게 한다

단단하고 나답게

"김 선생, 열린 교실이라는 거 들어봤어?"

신규 교사 시절, 열린 교실이라는 말을 처음 들었을 때, 여러 생각이 스치고 지나갔다. 학교의 자유로운 모습, 교사의 열린 태도와 생각, 학생들의 함박웃음 등등.

"글쎄요. 아이들의 사고를 열어주는 교사의 자유로운 수업 같은 건가요?"

내 대답에 선배들은 깔깔 웃으며 대꾸했다.

"열린 교실을 만들겠다고 교실과 복도 사이의 벽을 허물었다니까?"

나는 어이없다는 표정을 지었다. 그런데 정말이었다. 그 덕분에 옆 반에서 리코더 수업을 하면 모든 반이 강제로 음악 수업을 했고, 한 학급에서 교사가 학생들을 혼내고 있으면 그 층의 모든 학생들이 같이 혼났다는 웃기면서도 슬픈 이야기도 들었다. 이런 이야기의 끝에는 늘 교육 철학과 사상에 대한 조롱과 비난이 남아 있었다.

뭐든 유행처럼 지나가니 일부 교사들은 교육의 변화와 요구에 꿈쩍하지 않았다. 어차피 또 금방 지나갈 텐데, 하며 옷깃을 여미고 버티는 것이다. 그리고 10여 년이 넘는 세월 동안 나 또한 그 유행의 바람에 몸을 맡기고 있었다. 그때는 몰랐는데, 시간이 지나니 바람이었다는 사실을 깨달았다. 수업에 '동기 유발'을 매우 중요하게 여기던 때는 학생들의 동기 유발을 위해 기타를 배우고 마술도 배웠다. '짜잔' 하며 아이들에게 화려한 퍼포먼스를 보여주고, 환호하는 아이들을 보며 나는 동기 유발만큼은 어디에도 빠지지 않을 만큼 특화된 교사라고 생각했다.

시간이 흘러 스마트 시대가 도래하며 학교에도 스마트 교육, 융합 교육 바람이 불었다. 태블릿을 이용해 첨단화된 수업을 보여주는 것이 교사의 '스마트'함이었고, 그것이 스마트 교육이라고 생각했다. 나도 기꺼이 뛰어들어 기계를 사고 수업에 적용했다. 주변 학교와 교육청에서 나의 수업 방법 노하우를 궁금해했고, 강의 요청도 제법 들어왔다. 수년간 '교사는 예능인이야'라는 생각으로 살던 내가 어느 순간 자칭 '스마트한 교사'로 모습을 바꾸어 지내고 있었던 것이다.

그런데 어느 순간부터 융합 교육, 스팀(S.T.E.A.M.) 교육, 플립러닝, 소프트웨어 교육, 코딩, 인공지능, 학급 긍정 훈육, 블렌디드 교육 등 교육 철학과 방법이 마구 쏟아지자 나는 더 이상 어느 바람도 탈 수 없었다. 손에 가득 쥔 모래 같았다. 움켜쥐고는 있지만 조금씩 빠져나가 언젠가는 아무것도 남지 않을 것 같은 느낌이었다. 그래서 그냥 모든 것을 멈추었다. 전부 배울 수 없었고, 배우고 싶지 않았고, 배워서도 안 될 것 같았다. 친근하게 매일 접속하던 페이스북과 인스타그램을 통해 각각의 분야에서 자신을 뽐내는 교사들을 보면 두렵고 걱정되었다. 나는 매일 앞으로 가고 있었는데, 그들을 볼 때마다 멈춰 있거나 뒤처진다는 공포심이 들었기 때문이다.

그래서 잠시 멈추기로 했다. 가만히 서서 내가 가진 것을 돌아보고, 톺아봐야겠다고 생각했다. 마치 주머니에 사탕이 몇 개쯤 남아 있나 세보는 것처럼 말이다. 교사가 아닌 내가 가장 좋아하는 일, 했을 때 뿌듯했던 일은 무엇이었나 생각했다. 그리고 교실에서 아이들과 지내며 그날 있었던 일들을 차분히 기록하기로 했다. 특정 교육 철학이나 유행이 아닌 오롯이 내가 가진 사탕만 들여다보기로 한 것이다.

나는 글을 쓰는 것을 무척 좋아했다. 생각보다 제법 말주변이 좋고, 유머러스하기도 했다. 가끔 수업보다는 노는 것에 더 많은 시간을 쏟았고, 게임을 무척이나 좋아하는 사람이었다. 국어보다는 사회 수업에 더 열정적이었고, 뉴스에 화가 가서 1시간씩 아이들 앞에서 웅변을 하는 날도 있었다. 학생 시절에 수학을 못했기에 학생들에게 수학만큼은 끈질기고 독하게 가르치는 교사였다. 음악과 미술에 자신이 없어 수업 시간만 되면 가슴 졸이며 두근거리지만 체육 시간만큼은 아이들하고 같이 땀을 흘릴 정도로 에너지를 쓰는 교사였다.

기타를 치고 마술을 할 때도, 태블릿을 들고 수업을 할 때도 내가 그런 교사라는 것은 변함이 없었다. 아이들은 알고 있었는데, 나는 모르고 있던 '나라는 교사'의 모습이었다. 여기서부터 시작했어야 했지만, 나는 너무 조급했다. 참교사가 되고 싶다, 다른 교사들보다 뛰어나고 싶다는 생각에 그 시기에 가장 유행하는 교육을 마치 옷 가게 마네킹이 입고 있던 옷을 싹 빼서 입듯 남들을 흉내 냈던 것이다. 그리고 질리면 다른 옷으로 갈아입었다. 그러다 내가 마네킹과 다른 게 무엇인가 하는 생각이 들었다. 그래서 진짜 내가 좋아했던 '글을 쓰는 일'에서 나를 찾아가기 시작했고, 다시 신규가 되었다는 마음으로 대략 6년의 시간을 보냈다. 매일 만나는 아이들을 더 자세히 보는 일, 짜증만 낼 게 아니라 제대로 해보자며 덤벼든 학교 업무, 피하고만 싶었던 학부모와 더 적극적으로 대화한 경험이 나를 스치고 지나갔다. 가끔 고맙게도 후배 교사나 학생들이 "선생님 같은 교사가 되고 싶어요"라고 말할 때가 있다. 그러면 나는 웃으며 단호하게 말한다.

"이 세상에 나 같은 교사는 나밖에 없어. 그러니까 너는 너다운 교사가 되어야 해."

나밖에 없다는 자신 있고 당당한 느낌보다 스스로를 한 번 더 다독이는 기회를 가졌으면 하는 마음에서다. 내게는 동기 유발을 잘하는 교사, 스마트한 교사 같은 수식어가 붙었다가 사라졌다. 나에게 이런 수식어가 하나씩 붙고 떨어질 때마다 진짜 '나'도 같이 떨어져 사라지는 듯한 느낌이었다. 이러다 그저 옷깃만 여미고 버티는 교사가 되기 전에 '나다운' 교사가 되어야 한다는 본능적 되새김이었다. 그 누구의 아류가 아닌 나다운 교사가 되려고 노력할 때 타인이 아닌 나에게 집중할 수 있다.

특별한 일이 있지 않은 한, 한번 교사가 되면 20~30년간 교직 생활을 해야 한다. 그 와중에도 학교와 교실, 학생과 교

괜찮은 어른이 되겠습니다

사에게는 무수히 많은 변화의 바람이 스치고 갈 것이다. 계속 바람에 휘둘리며 수식되는 교사가 될 것인가, 아니면 완벽히 거부할 것인가, 아니면 오롯이 인식된 내 안에서 그 변화를 관찰할 것인가 고민해야 한다. 바람은 더 이상 나를 수식하는 것이 아닌, 다룰 수 있는 것이어야 한다. 이렇게 단단한 마음으로 시간을 보내면, 느리지만 확실히 남들과 다른 모습의 교사가 될 것이라고 믿는다.

> 학생이 행복해야
> 교사가 행복하다

"교사가 행복해야 학생이 행복하다."

교직에 발을 디딘 것과 동시에 들은 말이다. 이 말은 지금도 학교에서 회자된다. 그러나 교사로서 10여 년을 지내고 돌아보니 절반은 맞고, 절반은 고쳐야겠다는 생각이 들었다. 교사의 행복을 우선하는 생각은 자칫 매너리즘과 왜곡된 행동에 면죄부를 줄 수도 있기 때문이다. 정확히 내가 그랬다. 나를 행복하게 만들고 좋아하는 걸 하면 자연스럽게 아이들도 즐거워할 것이라고 생각했다. 내 돈을 들여 거창한 생일 파티를 하고, 가끔은 교육과정에서 벗어난 수업 활동을 했다. 잘놀아주면 아이들은 행복해질 테고, 그게 나를 특별하게 만들

괜찮은 어른이 되겠습니다

어준다는 생각에 행복해졌다. 아이들에게 뭘 하고 싶은지, 무엇을 할 때 행복한지 물어볼 필요도 없었다. 아이들은 내가 하는 모든 것을 즐기고 사랑해주었으니까.

"선생님, 저는 하고 싶지 않은데, 안 해도 되나요?"

그러나 가끔 이런 '해피'한 상황을 잘 받아들이지 못하고 어색해하거나 적응하지 못하는 학생이 생기면 심통이 났다. '내가 이렇게 너희를 행복하게 하려고 노력하는데, 왜 몰라주는 거야?'라는 생각 끝에는 내가 아닌 아이가 문제라는 답이 있었다. 나는 교사가 행복해야 한다는 말을 '내가 하고 싶은 걸 해야 한다'에서 '내가 하고 싶은 건 너희도 좋아할 거야'로 오해하고 있었다. 이것은 독재였다. 결과적으로 나를 행복하게 하지 않는 학생은 교실에서 행복할 자격이 없는 것이다.

"선생님은 이런 걸 하고 싶었는데, 저 친구는 하기 싫다고 하니까 참 속상하네요."

"야! 너 진짜 왜 그러냐? 아, 진짜 쟤 때문에 짜증 나!"

의도했든 그러지 않았든 나는 행복의 독재라는 울타리 안에서 벗어나려는 학생의 기를 꺾기 위해 다른 학생들의 마음을 이용하기도 했다. 생각해보면 정말 소름 돋는 일이다. 얼마나 폭력적인 일인가?

그래서 "교사가 행복해야 학생이 행복하다"는 말을 들을

/ 214 /

어린이는 언제나 나를 자라게 한다

때마다 마음속에서 고쳐쓰기를 한다. '학생을 행복하게 만들면 교사는 반드시 행복해진다. 그러면 다시 학생들이 행복해진다. 그렇기에 교사에게는 첫 문장인 '학생을 행복하게 만들기'를 짓기 위한 첫 노력이 필요하다. 나의 교실 속 삶을 한 문장으로 표현한다면, 여기서부터 시작이다.

그러기 위해서는 학생이 언제 행복한지 찾는 것보다, 언제 불행한지 먼저 파악하는 것이 훨씬 직관적이고 쉬운 편이다. 언제 행복한가 하는 질문에 대한 답은 다양했지만, 언제 불행한가에 대한 답은 거의 비슷했기 때문이다. 여기서부터 시작하는 게 좋았다. 슬프게도 학생을 불행하게 만드는 원인 중에는 언제나 내가 있었다. 그렇기에 학생들에게 가장 먼저 묻는 말은 정해져 있다.

"선생님의 말이나 행동 때문에 속상했던 적이 있나요?"

처음에는 서로 눈치를 보다가 이내 아주 솔직하게 적어 냈다. '목소리가 너무 빨라요' '가끔 너무 큰 목소리를 내서 깜짝 놀랍니다' '이름이 아닌 별명으로 부르실 때 속상해요' '너무 잘생긴 척을 하십니다' 등 가끔은 농담 같은 말도 섞여 있지만 문득 튀어나오는 문장에서 나도 모르게 만들어낸 불행의 씨앗을 솎아낼 수 있었다.

"선생님이 몇몇에게 이름 대신 별명을 불렀는데, 속상하다고 한 친구들이 있었어요. 선생님이 농담과 장난을 좋아하다 보니 실수를 한 것 같아요. 혹시 이것 때문에 속상함을 느낀 친구가 있다면 솔직히 손을 들어도 좋습니다."

몇 명이 손을 든다.

"솔직히 선생님이 불러주시는 건 괜찮아요. 그런데 그걸 다른 아이들이 같이 따라서 부르는 건 싫어요."

나는 재밌자고 던진 말들이 덩굴이 되어 누군가에게는 듣고 싶지 않은 말로 번져나갔다. 이렇게 학생들의 행복과 불행에 대한 이야기를 하나씩 살펴보다 보면 자연스럽게 내 의견과 감정도 말하게 된다.

"선생님은 수업 시간에 숙제 낼 때, 아니면 학습지만 보여도 여러분이 '휴~' 하고 한숨을 푹푹 쉬면 너무 속상하더라고요. 그렇게 하기 싫은가, 아님 내가 싫은가, 하는 생각이 들거든요."

대화를 통해 교사도 속상할 때가 있고, 서로의 불행을 막아줄 방법은 언제나 있다는 믿음이 우리 사이에 자리 잡는다.

"앞으로는 선생님도 여러분끼리도 서로의 이름을 불러주기로 해요."

"저희도 숙제 내주실 때 '휴~' 안 하고 '우아~' 할게요."

어린이는 언제나 나를 자라게 한다

서로 웃고 시간을 보내는 사이 마음속에 암묵적인 규칙과 선이 생긴다. 서로 행복하기 위해 지켜야 할 선이다. 교사라고 해도 이 선을 마구 넘나들 수는 없다.

그런데 학생들의 행복을 위해 모든 상황에 대해 이야기를 나눌 수 있어도 이것만큼은 오롯이 나 혼자 감당해야 했다. 그 것은 '모든 학생을 똑같이 대하는 태도'였다. 그리고 겉으로 드러내지 않는 초연함이 필요했다. 교사도 사람인지라 성향에 따라 좋은 상황과 피하고 싶은 상황이 있다. 학생들의 다양한 의견과 행동 중 일부 행동과 말에 쉽게 호감을 보이거나 내색을 하면 곤란한 일이 생겼다. 아이들은 눈치가 제법 빨라 내 비위를 맞추려고 하거나, 내 마음을 어지럽히려고 일부러 반대 상황을 꾸며내기 때문이다. 또 학생들은 차별에 무척 민감하고 예민했다. 나도 모르게 특정 학생, 혹은 그룹에 호의적으로 행동하거나 같은 상황에서 개인마다 다르게 대응하면 즉각적으로 반응이 나왔다. 내가 가장 많이 저지른 실수가 남학생과 여학생에 대한 차별 같은 것이었다.

"자, 이거 더 들 수 있지? 더 들고 가."

"이거 들 수 있겠어? 들 수 있는 만큼 들어도 돼."

과학실에서 실험 도구를 옮기던 날, 남학생과 여학생에게 던진 말이 달랐다. 이후 속상한 마음을 말하는 자리에서 한 남학생이 말했다.

"선생님, 저희한테도 여자애들처럼 다정하게 말해주세요!"

"맞아요, 여자애들도 힘세요. 저희를 막 때린다고요."

복도에서 뛰어도 여학생보다는 남학생을 더 호되게 혼냈고, 힘쓸 일이 필요하거나 속도가 필요한 일에는 여학생을 자연스럽게 배제하기도 했다. 이런 일들은 오롯이 내가 책임지고 고쳐나가야 할 말과 행동이었다. 적어도 교실에서만큼은 차별받지 않는다고 느끼게 하는 것이 학생의 행복을 위한 최소한이면서 가장 어려운 일이라는 것을 깨닫는다.

교사도 존중받아야 할 개인이기에 개인의 행복을 최우선해야 한다는 명제는 늘 옳지만, 학생들과 함께하는 삶에서 많은 교사가 학생을 위해 자신의 행복을 기꺼이 포기하는 경우를 본다. 다만 '학생을 위해'라는 수식어를 어른들이 사용할 때, 정작 학생들에게는 잘 물어보지 않는다는 점은 고민해볼 문제다. 그 수식어를 붙이기에 앞서 너는 언제 행복한지, 그리고 어떻게 하면 불행한 일을 함께 막을 수 있는지 이야기하는 것을 우선순위에 두었으면 좋겠다. 아이들은 생각보다 예민하고 눈치가 빠르다. 진심으로 궁금해하면 자연스럽게 나에게도 차례가 돌아온다.

어린이는 언제나 나를 자라게 한다

"선생님은 언제 행복하세요?"

이 질문에 답하다 보면 어느새 교실 속 삶의 문장은 완성되는 것이다.

우리를 자라게 할 또 다른 이야기 **3**

빛쌤

사범대학을 졸업했지만 초등 교사가 되기 위해 다시 교대 진학을 준비하는 수험생입니다. 저는 2017년 여름부터 대안학교에서 계절마다 운영하는 캠프에 꾸준히 자원교사로 참가했습니다. 캠프에서 저는 '모둠교사'를 맡아 4박 5일 동안 가족, 친구, 전자기기와 떨어져 낯선 공간에 모인 아이들이 캠프에 적응할 수 있도록 먼저 다가가고, 마음의 문을 열 수 있도록 노력하고 기다리는 일을 했습니다. 그러다 모둠학생으로 만난 한 아이에게 편지를 받았습니다.

"빛쌤, 저희가 처음 만난 작년 여름에 저는 학교에서도, 가정에서도, 그리고 무엇보다도 저 자신으로부터 아픔을 겪고 있었어요. 그런데 빛쌤과 다른 선생님들이 제 숨통을 틔워주었어요. 저에게 의지가 되어주고, 저에게 계속 사랑한다고 해주셨죠. 힘들고 아픈 일이 다시 찾아올 때 우리가 함께한 시간을 기억해요. 저는 이제 저를 사랑하고, 빛쌤을 비롯해 많은 사람들을 사랑해요."

대안학교에서의 제 노력이, 제 마음이 한 아이를 다시 웃게 만들었다는 걸 깨달았습니다. 교사는 학생에게 작거나 큰 영향을 끼친다는 것을 알기에 교사라는 직업을 두려워했습니다. 그럼에도 불구하고 선생님을 꿈꾸는 이유는 아이들이 쌓아놓은 마음의 벽이 점점 허물어지면서 저를 향해 환한 미소를 보일 때, 혹은 "선생님, 사랑해요"라는 말을 들을 때면 벅차도록 기뻐서 제 심장박동 소리가 들리고, 살아 있음을 깨닫게 되기 때문입니다.

가끔 아이들에게 상처를 받기도 하고, 부족한 제가 아이들을 만나도 될지 걱정도 되지만, 아이들이 준 편지와 말들은 '더 좋은 선생님이 되어야지, 더 노력해야지' 하고 다짐하게 만듭니다.

쭈야쌤

교생실습에 나가 초등 1학년을 맡게 되었습니다. 우리 반에는
애정결핍이 있는 학생이 한 명 있어 뭐든 자기 위주여야 하고
집중도가 낮아 수업 진행에 방해가 되는 경우가 있었습니다.
어느 날, 스티커를 이용한 수업을 했던 날이었습니다. 수업이
끝날 무렵, 제 옆자리에 앉아 있던 그 아이가 "선생님 스티커
하나 줄까요?" 하기에 손등을 내밀었더니 스티커 하나를 붙
여주며 "손에 뭐 날 수도 있으니까 집에 가서 꼭 떼세요"라고
주의를 주었습니다. 웃으면서 "알겠다" 했는데 아이가 안절부
절못하더니 잠시 뒤 "안 되겠어요. 선생님 손등에 뭐 날 것 같
아요"라며 도로 스티커를 떼어 갔습니다. 이렇게 섬세하고 사
랑이 넘치는 아이에게 잠시나마 미워하는 마음이 들었던 제
가 부끄러웠습니다.
어린이들은 매순간마다 넘치는 사랑을 주는데, 저는 언제쯤
그만큼의 사랑을 되돌려줄 수 있을까요?

황제펭귄

처음 교사가 되고 만났던 아이들, 모든 교사들에게도 마찬가지겠지만 첫 번째 맡았던 아이들은 유독 기억에 오래 남습니다. 많이 부족하고 아무것도 모를 때 만났던 아이들이라 헤어질 때 미안하고 아쉬움이 많이 남았었는데 어떤 아이의 편지를 받았습니다. 그 편지에는 이렇게 쓰여 있었습니다.
"저를 잘 키워주셔서 고마워요."
가르쳐줬다가 아닌 키워주었다는 표현에 많은 생각이 들며 저도 아이와 함께 자랐음을 깨달았습니다. 그때 이후로 아이들을 더 사랑으로 보듬고 아껴주기로 다짐했습니다.